Alexis, fils de Raphaël

Catalogage avant publication de Bibliothèque et Archives Canada

Agnant, Marie-Célie

   Alexis, fils de Raphaël
   (Collection Atout ; 47. Récit)
   Éd. originale : c2000
   Pour les jeunes de 12 ans et plus.

   ISBN 978-2-89428-937-2

   I. Titre. II. Collection : Atout ; 47. III. Collection : Atout. Récit.

PS8551.G62A72 2006   jC843'.54   C2006-940964-1
PS9551.G62A72 2000
PS9551.G62A72 2006

Les Éditions Hurtubise bénéficient du soutien financier des
institutions suivantes pour leurs activités d'édition :

– Conseil des Arts du Canada ;
– Gouvernement du Canada par l'entremise du Programme
  d'aide au développement de l'industrie de l'édition (PADIÉ) ;
– Société de développement des entreprises culturelles au
  Québec (SODEC).

Conception graphique : Nicole Morisset
Illustration de la couverture : François Thisdale
Mise en page : Lucie Coulombe

Copyright © 2000 Éditions Hurtubise inc.

Dépôt légal/3e trimestre 2006
Bibliothèque et Archives nationales du Québec
Bibliothèque et Archives du Canada

Diffusion-distribution au Canada :   Diffusion-distribution en France :
Distribution HMH   Librairie du Québec / DNM
1815, avenue De Lorimier   30, rue Gay-Lussac
Montréal (Québec) H2K 3W6   75005 Paris FRANCE
Téléphone : 514-523-1523   www.librairieduquebec.fr
Télécopieur : 514-523-9969
www.distributionhmh.com

Imprimé au Canada
www.editionshurtubise.com

Marie-Célie Agnant

Alexis, fils de Raphaël

Collection **Atout**

Née à Port-au-Prince, en Haïti, **Marie-Célie Agnant** vit à Montréal depuis de nombreuses années. Enseignante puis traductrice et interprète auprès des communautés latino-américaines et haïtiennes, elle a collaboré à plusieurs projets de recherche réalisés par l'Institut national de la recherche scientifique, l'Université Laval et l'Université du Québec à Montréal. Ses textes et ses poèmes paraissent régulièrement dans plusieurs publications : *Haïti-Progrès*, *Option Paix*, *la Gazette des femmes*, *Prisma*, etc.

Un recueil de ses nouvelles, *Le silence comme le sang* (éd. Remue-Ménage), a été finaliste pour le Prix du Gouverneur général du Canada.

Alexis, fils de Raphaël est la suite d'*Alexis d'Haïti* (Atout récit, n° 30). Elle a aussi publié *Le Noël de Maïté* et *Vingt petits pas vers Maria* dans la collection Plus.

1

Le Havre

— Le chien a beau avoir quatre pattes, il ne peut suivre quatre pistes à la fois. C'est impossible! Il faut bien te mettre ça dans la tête. Si ta mère dit qu'il faut y aller par étapes...

— Cela n'aboutit nulle part, monsieur Hubert!

Alexis a du mal à cacher son impatience.

— Je sais que la Croix-Rouge intervient dans de nombreux dossiers pour faciliter la libération de prisonniers politiques ou pour améliorer leurs conditions de détention. Miss Jakob a déjà commencé à travailler dans ce sens, pourquoi vouloir essayer autre chose? poursuit monsieur Hubert, inébranlable.

— Et si j'écris souvent au gouvernement, si je leur envoie beaucoup de lettres, quelqu'un finira bien par me répondre... C'est une tactique! Je peux les harceler.

— Moi, je suis d'avis que tu ne devrais pas te lancer dans cette affaire, Alex. Tu vas te donner beaucoup de mal pour rien. Tu pourrais envoyer une centaine de lettres par jour au président d'Haïti ou à tous ses ministres, ton père ne serait pas libéré pour autant. Seules des organisations internationales peuvent le protéger.

Ce matin-là, à l'ombre d'un manguier, au fond de la cour du Havre, un centre d'hébergement situé au cœur de Miami et destiné aux femmes réfugiées et à leurs enfants, monsieur Hubert rafistole quelques vieux meubles, tout en causant avec Alexis.

Sa mère, Janine, s'est arrêtée, les bras levés à hauteur du visage, les yeux agrandis par la surprise. Instinctivement, elle retient son souffle, tout en tenant le drap comme un voile tendu devant elle. Quelques secondes s'écoulent, puis, doucement, tel un rideau que l'on tire, elle écarte le drap et jette un coup d'œil rapide dans la direction d'où parviennent les voix de monsieur Hubert et de son fils. Elle voit Alexis tendre le cou vers le sol et gratter la terre de ses baskets abîmées.

«Mon fils a l'air d'un oiseau aux ailes brisées, pense tristement Janine, un oiseau auquel on aurait tordu le cou!»

— Je serais tellement soulagé, monsieur Hubert, continue Alexis, seulement de savoir où se trouve mon père, de savoir s'il est encore vivant. Vous comprenez? Les militaires l'ont arrêté brutalement un soir, quelques semaines avant notre départ d'Haïti*. Je ne l'ai jamais revu depuis. Est-il toujours prisonnier? Est-il mort? Personne ne le sait. Cela fera bientôt deux ans maintenant. Nous sommes restés presque dix mois, maman et moi, dans le camp de réfugiés de Key West.

— Je te comprends, Alexis. Mais dans le camp, ta mère ne pouvait rien tenter pour faire libérer ton père. Maintenant que miss Jakob s'occupe activement avec elle du dossier, je suis sûr que vous recevrez bientôt des nouvelles. La cause des

* Voir *Alexis d'Haïti*, collection Atout, n° 30.

réfugiés, celle des prisonniers, c'est sacré pour miss Jakob. Tu ne peux pas t'imaginer tout le mal qu'elle s'est donné pour que j'obtienne mon permis de séjour.

— Je sais. Miss Jakob a dit à maman qu'une délégation de la Croix-Rouge, accompagnée d'un autre organisme qui travaille également à la libération des prisonniers politiques, doit se rendre sous peu en Haïti pour visiter les prisons...

— Tu vois, déclare monsieur Hubert en tapant vigoureusement sur l'épaule d'Alexis. C'est une bonne nouvelle. Tu n'as aucune raison de continuer à te morfondre. Il s'agit sans doute d'Amnistie Internationale. Il ne faut pas perdre espoir, surtout pas maintenant.

— C'est difficile...

— Essayons donc d'en finir avec ces vieilles chaises, hein? Pendant que je répare ce dossier, tu peux commencer à défaire le coussin de l'autre. Nous devrions avoir terminé avant le dîner, n'est-ce pas? suggère l'homme sur un ton engageant.

Ils se remettent au travail. Monsieur Hubert sifflote, tout en tapant délicatement sur des clous minuscules, tandis qu'Alexis, armé d'un poinçon, défait le coussin abîmé.

Près de neuf mois se sont écoulés depuis l'arrivée d'Alexis et de sa mère, Janine, à Miami, dans ce quartier qu'on nomme Little Haïti. Après un long et périlleux voyage en mer qui les a menés sur les rives de la Floride, puis un long séjour dans le camp de réfugiés de Key West, le service de contrôle des immigrants les a dirigés vers ce refuge, où ils attendent de se voir accorder un permis de séjour.

Les premières semaines, épuisés et meurtris, Alexis et Janine semblaient repliés dans une sorte de torpeur et se réfugiaient dans de très longs silences. Petit à petit, grâce au réconfort des uns et des autres, ils ont commencé à se sentir moins seuls.

Il y a d'abord madame Green, la coordonnatrice, une petite femme aux traits fins, au visage parsemé de taches de rousseur, qui se donne sans compter pour assurer la bonne marche du Havre. Elle porte bien son nom, madame Green. Sa peau, très blanche, presque transparente, paraît capter les reflets que renvoient ses yeux verts, toujours en mouvement. Elle a une épaisse chevelure qu'elle arrange en torsades au-dessus de son crâne, cela lui fait comme un petit chapeau. Infatigable, elle va du matin au soir, chaussée de petits escarpins de cuir mou, se démenant comme un diable dans un bénitier pour trouver les fonds nécessaires au fonctionnement du centre. On dénote tout de suite chez madame Green une très grande sensibilité et une amabilité exceptionnelle. Elle baragouine avec plaisir quelques mots de français et s'exprime dans un créole assez raisonnable, détachant avec soin chaque syllabe, comme si elle craignait que l'on ne comprenne pas. Elle s'est attachée tout de suite à Alexis, et a déployé tant d'efforts et de gentillesse qu'elle a fini par l'intégrer aux activités quotidiennes du centre. Elle lui confie des petits travaux : le soin des plantes vertes dans la grande salle de séjour, la promenade de ses chiens, deux caniches – Batman et Jewel –, ainsi que le classement et le rafistolage des quelques livres et des revues qui tiennent lieu de bibliothèque.

Mais c'est avec monsieur Hubert, le concierge, qu'Alexis passe le plus clair de son temps. Le séjour dans le camp de réfugiés n'a pas réussi à lui faire perdre son impatience ni ses talents de bricoleur. Et c'est sa facilité à manier les outils qui l'a rapproché de l'homme. S'il l'étourdit avec ses sempiternelles questions sur le sort de son père, Alexis, d'un naturel travailleur, lui est aussi d'une grande utilité. En dépit de sa maigreur et de ses bras frêles, en deux coups bien appliqués il vous enfonce un clou, si large qu'en soit le diamètre. Avec beaucoup d'application et la touche d'un artiste, il se sert également du pinceau.

Arrivé en Floride quelques années auparavant, monsieur Hubert est l'un des rares survivants d'un naufrage au cours duquel près d'une centaine de personnes ont péri. Il a vu l'océan engloutir sa femme et ses deux enfants. Il a par la suite passé près de deux années, ballotté entre la folie et le désespoir, au centre de détention de Krome, «une prison qui vous brise l'esprit et les reins», a-t-il coutume de dire.

Comme beaucoup d'autres réfugiés libérés à la faveur d'une amnistie, il s'est retrouvé plus seul au monde que jamais. Miss Jakob, de la Croix-Rouge, lui a déniché cet emploi au Havre. Arrivé un soir, il a exprimé le désir de loger sur place, s'est incrusté dans les vieux murs humides et lézardés. Les années ont passé, il n'en est jamais parti, comme s'il craignait de devoir s'aventurer seul dans la vie.

Du soir au matin, monsieur Hubert rafistole, cloue, nettoie, et ne s'arrête que lorsque ses jambes n'en peuvent plus de le porter d'un étage à l'autre, d'une pièce à l'autre, noyant son chagrin dans le travail, cherchant désespérément l'oubli dans la besogne acharnée.

Personne ne connaît son âge. Il paraît si fort et si vigoureux lorsqu'il tape sur des clous ou soulève de lourdes charges. Ses cheveux épais sont de neige, comme un gros bonnet blanc qui lui serait tombé tout d'un coup sur la tête. Une barbe grise, broussailleuse, lui couvre tout le visage, accentuant la tristesse et l'effet de vieillissement qu'il dégage.

Quant à Janine, elle se sent encore fragile, chancelante, en proie à une douleur sourde, constante. Elle prend un temps infini, ce matin-là, à accrocher les taies d'oreiller et quelques serviettes.

Lorsqu'elle se baisse pour ramasser le panier à linge, un vertige la saisit. Elle se raccroche à la balustrade. Au bout d'un instant, elle se redresse, emplit ses poumons d'air et de la bonne odeur de savon qui émane du linge frais lavé. « Mon Dieu », murmure-t-elle à ce moment-là, « dans quel état se trouve mon pauvre Raphaël ? Ils ne doivent jamais lui donner de vêtements propres. » Levant les yeux, elle voit un oiseau se fondre dans le bleu du ciel. Elle s'assombrit. Elle n'aurait jamais pensé envier aux oiseaux leur liberté. Cette idée la trouble. Tant d'êtres humains se trouvent privés de liberté de par le monde. Quand donc cela finira-t-il ? Ces paroles de monsieur Hubert virevoltent dans sa tête : « Un chien a beau avoir quatre pattes, il ne peut suivre quatre pistes à la fois. »

En ce qui concerne les démarches à entreprendre pour la libération de Raphaël, Janine et Alexis n'arrivent jamais à s'entendre. Tandis qu'elle invoque la sagesse, parle de stratégies, lui maudit les militaires, s'échauffe, élabore des plans tout à fait irréalistes, et finit par s'effondrer, épuisé de tant d'impuissance. Elle s'adresse des reproches, se dit qu'elle ne sait peut-être pas lui parler.

Pour Alexis, sa mère ne fait que pleurer. Un médecin, qui à l'occasion reçoit les réfugiés en consultation, a expliqué que ces larmes étaient nécessaires. Alexis n'arrive pas à comprendre comment les larmes peuvent aider sa mère à faire face aux problèmes.

« Après le dîner », se promet Janine, « j'essaierai à nouveau de lui expliquer le travail entrepris par la Croix-Rouge et miss Jakob. » À l'heure du repas, Alexis se fait plus inabordable que jamais. Janine commence à désespérer de le ramener à un peu plus de raison. « Comment apprendre la patience à quelqu'un ? » se demande-t-elle, tout en mangeant du bout des lèvres.

Le repas n'est pas très animé. Ici, la cuisine s'improvise au gré du jour, avec des provisions glanées ici et là. La plupart du temps, il s'agit de dons récoltés auprès des épiceries du quartier. Ce midi, dans les assiettes, les macaronis à la sauce Kraft boudent des filets de poissons enrobés d'une pâte lourde et insipide. Dieu, qu'elle aurait sucé une bonne tête de dorade frais pêchée, avec des morceaux d'ignames écrasés dans une sauce bien pimentée, comme Ma Lena sait si bien la faire, là-bas, au village !

Alexis touche à peine à son assiette. On le croirait endormi. Tout à coup, la sonnette de l'entrée retentit. Il bondit comme un ressort tout en criant : « Le facteur ! » Ce dernier s'amène en général au début de l'après-midi. Pour Alexis, la journée ne commence qu'après son passage. Il lui arrive de le guetter pendant des heures. Aujourd'hui, il revient en courant, arborant un large sourire, un gros paquet de lettres à la main.

Aussitôt, les femmes du centre d'hébergement l'entourent. Pour sa mère, une lettre de tante Irène, dans l'enveloppe la plus épaisse.

Au fond du jardin, juché sur les plus hautes branches du manguier, Alexis s'installe pour lire le courrier. Là, il est heureux, comme au bon vieux temps, là-bas à la Ruche, dans son village. C'est là qu'il rédige aussi son journal qu'il tient encore régulièrement.

2

DES NOUVELLES DE MA LENA

Ce soir-là, Alexis rejoint monsieur Hubert pour une longue promenade qui les mène jusqu'à l'avenue Liberty. Deux heures de marche, pendant lesquelles ils bavardent comme de vieux amis.

Délaissant l'avenue Church, trop bruyante, ils empruntent une enfilade de petites rues tranquilles où s'alignent des rangées de cottages tous identiques, aux pelouses bien entretenues. Grâce à monsieur Hubert qui de temps à autre l'emmène faire des courses ou une promenade, Alexis finit par connaître un peu cette ville à laquelle il a bien du mal à s'ouvrir. À son retour, une grande surprise l'attend :

— Miss Jakob est passée nous voir, elle a apporté des nouvelles ! annonce Janine.

Méfiant, Alexis lui jette un regard en coin.

— Tu me dis ça comme on donnerait un bonbon à un enfant pour le consoler.

— Je t'en prie, Alex.

Alexis essaie de se départir de son ton rogue. Il adoucit un peu la voix.

— De quoi s'agit-il, maman ?

Janine lui tend un petit paquet.

— Tout d'abord, il y a ces cassettes, envoyées par ta grand-mère. Elle les a fait remettre à l'aéroport à quelqu'un qui travaille à la Croix-Rouge et qui se rendait à Miami. Cependant, le plus important, c'est que miss Jakob soit venue spécialement pour nous annoncer le départ de cette délégation pour Port-au-Prince.

— Quand ?

— Dans deux jours. Le temps d'être reçue par le ministre de la Justice ; j'imagine que, d'ici quinze jours au plus tard, nous devrions être fixés sur le sort de ton père.

Passé les premières minutes d'émotion, une grande fébrilité s'empare d'Alexis. Il court en vitesse chez monsieur Hubert lui emprunter son magnétophone, car, au lieu de lui écrire, sa grand-mère enregistre sur deux cassettes ce qu'elle appelle *un petit koze*, une conversation avec son petit-fils.

Malgré sa longue promenade, Alexis ne dort pas cette nuit-là. Sans se lasser, il écoute et réécoute Ma Lena lui conter les menus événements du village.

Il y a quelques jours, ta cousine, Graziella, m'a annoncé qu'elle allait se marier avec ce jeune homme de Bois-Joli, Alexandre, le fils de Jean-Baptiste Duclerc. Il faudra le dire à ta mère. Malgré nos malheurs, la vie doit continuer. C'est une loi, n'est-ce pas ? Et toi, mon beau garçon, as-tu beaucoup grandi ? Les tourterelles sont devenues si nombreuses que j'ai commencé à les vendre. Et le cocotier nain, près de la barrière, celui que tu as planté, mon fils, donne des fruits presque toute l'année. J'en ai beaucoup vendu. Avec l'argent, j'avais commencé à acheter des semences de petits pois et de maïs. Cependant, pas de chance ! La première récolte a été très mauvaise. En six mois, il n'a plu qu'une seule fois. La nature même semble s'attrister de tous ces crimes que l'on commet ici. Alors, j'ai décidé de ne plus me risquer à planter quoi que ce soit. Je t'achèterai plutôt une petite chèvre et, quand elle aura des petits, je les céderai tous pour une vache. Une belle. De celles qui ont des taches brunes, et qui, paraît-il, donnent beaucoup de lait. Je la nommerai Caracol.

Ah! mon enfant, je refuse de croire qu'ils vous ont malmenés comme tu le décris. Je n'aurais jamais cru qu'il existe des gens aussi cruels dans les pays des Blancs. Pourquoi? Oui, pourquoi vous ont-ils traités de la sorte? Chaque fois que j'y pense, mon cœur se serre et je pleure comme un enfant, moi, en dépit de mes quatre-vingts lunes de peines et de misères. Cependant, si je regrette ta présence jusqu'à m'en rendre malade, je crois encore fermement que ta mère a pris la meilleure décision : celle de t'emmener avec elle. Les militaires sont devenus de vrais démons. C'est comme si la folie s'était abattue sur le village. Il n'y a pas longtemps, ils ont arrêté Jonas, le vieux pêcheur. Ils l'ont libéré au bout d'une semaine. Depuis lors, il ne va pas bien. Tout le monde ici se demande comment ils peuvent s'en prendre à un homme comme Jonas, à qui il arrive de ne plus savoir lui-même qui il est. Enfin, dis-toi que, même dans le malheur, Dieu veille sur nous. Comme nous disons, nous les vieux, il ne donne pas de peine sans secours.

Cela adoucit mon chagrin de savoir qu'il a mis sur ton chemin ces bonnes âmes dont tu me parles, madame Green, miss Jakob et monsieur Hubert. Tu leur diras bien des choses de ma part. La prochaine fois que je trouve une occasion, je leur enverrai un cadeau. Peut-être des douces cocos*, ou encore, une bouteille de vieux rhum.

C'est aussi une très bonne nouvelle pour moi de savoir que ta mère a pu trouver l'adresse de son frère Étienne. Je suis sûre qu'il pourra vous venir en aide. Il vit au Canada depuis si longtemps, il doit savoir comment faire.

Moi, je tiens bon, malgré tout... malgré tout. Je te promets de ne pas tomber malade, de m'accrocher à la rive, jusqu'à ce que tu reviennes... quoique, je sens que ma vue baisse de plus en plus et j'ai souvent mal aux genoux. Jérémie vient me rendre visite tous les jours ou presque, après l'école. Il est si gentil. Il va faire des courses pour moi quand il a le temps, le samedi. Quelquefois, Précieuse l'accompagne. Quelque chose me dit que tu lui manques encore à cette coquine de Précieuse. Elle refuse de se tenir sur ses

*   Noix de coco.

pattes de derrière quand on le lui demande. Comme si elle boudait. Je l'ai souvent vue rôder autour de ta maison. Il y a de cela deux semaines, elle a eu des petits : six, en tout, couleur café au lait et rayon de miel, comme tu disais. Depuis lors, elle n'est plus la même. Elle fait la précieuse, justement, et grogne pour un oui, pour un non...

Les deux cassettes sont pleines. Pourtant, Ma Lena ne semble pas vraiment satisfaite. À plusieurs reprises, on l'entend annoncer : « *J'ai encore tant à te dire.* » Elle fait de longues pauses, pendant lesquelles on entend son souffle très court, puis elle reprend : « *Tu m'entends bien, mon Alex, tu entends ?* » comme si elle s'attendait à ce qu'Alexis lui réponde.

Cette nuit-là, Alexis se rend compte que la joie et le bonheur peuvent susciter d'étranges réactions. Il s'aperçoit qu'il pleure en même temps de joie et de peine. Il est heureux de retrouver la voix de Ma Lena, comme s'il se trouvait avec elle sur la galerie de sa vieille maison à la Ruche. Heureux également de savoir que, finalement, cette délégation se rendra à Port-au-Prince pour enquêter sur le sort de son père. Mais il se sent également triste et rempli de colère. Au lieu de se coucher, il s'attarde longtemps sur la galerie. Il va, il vient, fait les cent pas et traîne sur le vieux banc de métal rouillé qui semble posé à la même place depuis des siècles. Au bout de quelques heures, complètement engourdi, il entre de nouveau dans la maison, s'affale sur le canapé éventré de la grande salle, puis finit par s'attabler pour écrire une fois de plus à son ami Jérémie.

D'une lettre à l'autre, il a l'impression de reprendre les mêmes idées, de décrire ces grands boulevards illuminés nuit et jour, les grands édifices qui ne touchent pas vraiment le ciel, mais où il faut s'enfermer dans une espèce de cage pour aller d'un étage à un autre. Qu'importe ? Sa plume semble se mouvoir seule. Écrire, c'est la seule chose qui le calme, lui procure quelque répit.

Miami, le 3 juin,

Mon cher Jérémie,

Comment vas-tu ? Même si je n'ai pas encore reçu de réponse à ma dernière lettre, je t'écris à nouveau. Ce soir, je me sens heureux et malheureux. Heureux parce que je viens de recevoir des nouvelles de Ma Lena. Elle me parle de toi et de Précieuse. Je crois que c'est ce qui m'attriste. C'est comme si vous étiez présents et absents en même temps. Je suis dans la grande salle, face à cette vieille horloge qui sonne toutes les heures. Tout le monde dort.

Aujourd'hui, j'ai fait une très longue promenade avec monsieur Hubert et j'ai beaucoup parlé de toi. Nous sommes allés jusqu'à l'avenue Liberty, cette grande rue où les lumières sont allumées jour et nuit. Tu t'imagines, des centaines et des centaines d'ampoules allumées jour et nuit ! Miami est une très grande ville où se côtoient une très grande misère et l'abondance extrême. Il y a un quartier nommé Malibu, où se trouve une plage assez belle. Là, les maisons ressemblent à de vrais châteaux. Monsieur Hubert dit que c'est de mauvais goût. Je t'ai déjà décrit le quartier de Little Haïti. Déprimant comme tout. Moi, je suis déçu par cette ville, désenchanté. Depuis mon arrivée, je vis avec la sensation constante d'être plongé dans un univers irréel.

Dans la grande salle, où je me trouve – c'est là que nous prenons nos repas –, un poste de télé, allumé presque en permanence, diffuse des images troublantes, un monde de magie, de vitesse, de démesure et de violence, comme dans un cauchemar. C'est effrayant. Ce pays est si étrange, Jérémie, et de plus, il n'a pas vraiment de nom. Un pays, disait mon père, c'est comme une personne, c'est vivant. En ce cas, tout pays devrait avoir un nom. Comment celui-ci peut-il s'appeler simplement « États-Unis » ? Les gens qui y vivent seraient alors des États-uniens ? Je ne comprends pas pourquoi tous ces États réunis ne choisissent pas un nom comme tous les autres. Sans doute n'arrivent-ils pas à s'entendre.

À propos de mon père, nous devrions avoir des nouvelles bientôt parce qu'un groupe de personnes, des étrangers, je veux dire des Blancs, des gens d'ici, vont aller visiter les prisons. Je te ferai savoir ce qu'il en est. Est-ce que tu seras au mariage de Graziella ? Je vais manquer cette fête, c'est dommage. Je ne suis jamais allé à un mariage.

La semaine prochaine, nous devons retourner au Bureau de contrôle des réfugiés, là où se trouvent les agents de l'Immigration qui accordent ou non l'autorisation de vivre dans ce pays. Pour moi, c'est une vraie torture. Je me rends compte à chaque fois que maman et moi, nous ne sommes pas du tout au bout de nos peines, que la prison s'étend bien au-delà des barbelés de Key West. Nous devons démontrer aux juges, aux fonctionnaires de l'Immigration, que nous sommes de véritables réfugiés, que nous n'avons pas quitté Haïti et risqué nos vies sur l'océan, attirés uniquement par la vie facile de leur pays. Leur attitude me fait penser parfois que je ne suis pas un être humain. J'ai l'impression de n'être qu'un numéro, celui qui est inscrit sur le dossier qu'ils exhibent à chacune de nos visites au Bureau de contrôle. Maman et moi, nous sommes le même numéro et nous attendons qu'ils nous donnent l'autorisation de devenir enfin des êtres humains. Tout comme ils le feraient avec une baguette magique, ils brandiront leurs stylos et leurs papiers et nous feront cadeau d'une identité, voilà !

Ce qui me manque le plus, c'est l'école : j'ai commencé un cours d'anglais quelques semaines seulement après mon arrivée. Jusqu'à présent, je n'ai fait aucun progrès. Je déteste cette langue. Je la trouve dure, elle me *heurte. C'est à cause du séjour dans le camp, je crois. Quand les gens s'adressent à moi en anglais, j'ai toujours l'impression d'entendre hurler des ordres. Les sons résonnent et me martèlent le cerveau. J'ai pris la décision de ne plus assister aux cours. Je ne veux pas apprendre l'anglais. C'est inutile. Je ne pourrai jamais parler cette langue dans laquelle tant d'insultes m'ont été adressées. Bien entendu, maman poussera de hauts cris lorsque je le lui dirai. Elle va même se mettre à pleurer, j'en suis sûr. Mais, je saurai lui tenir tête. Et puis, je ne supporte pas de la voir s'appliquer comme une élève modèle aux devoirs que nous donne le moniteur, comme si toute sa vie dépendait de l'apprentissage de cette langue, comme si elle avait l'intention de demeurer pour toujours dans ce pays. Lorsque je lui en fais la remarque, elle réplique que l'anglais est parlé dans un grand nombre de pays dans le monde et qu'une langue de plus, c'est une richesse de plus. Dans ce cas, lui dis-je, j'apprendrai le chinois ou l'arabe, ou encore, le swahili, comme Aminata, une petite fille de trois ans, originaire du Congo, réfugiée au Havre avec sa mère. Et puis, quelle étrange situation, n'est-ce pas? Assister au même cours que* maman, m'asseoir à ses côtés dans la grande salle et, le soir, faire ensemble les devoirs. Je vois qu'elle est ravie de pouvoir déjà comprendre l'essentiel, lire un peu, et se risquer à quelques phrases, tandis que moi, je ne fais que baragouiner. J'arrête ici ma lettre. Je t'écrirai à nouveau pour te dire ce qui se passera après notre visite à l'Immigration. Bonjour à toute ta famille.

Ton ami pour toujours,

Alexis

3

64, BISCAYNE ROAD

Ce matin-là, Alexis et sa mère se rendent, pour la neuvième fois depuis leur arrivée, au 64, Biscayne Road, où se trouve le Bureau de contrôle des réfugiés. Ils y vont avec le fol espoir qu'ils n'auront pas à subir un autre interrogatoire, que plus personne n'essaiera de les confondre, de les prendre en défaut et, surtout, que ce sera leur dernière comparution devant ces fonctionnaires.

À plusieurs reprises, déjà, ils ont été interrogés sur les événements qui ont entraîné leur départ d'Haïti. Les mêmes questions reviennent sans cesse. Les juges s'attardent longtemps au récit de cette nuit fatidique où les soldats ont fait irruption dans la maison et emmené Raphaël. Au cours de ces audiences, Alexis a vu sa mère debout, les yeux rougis, la voix brisée, répondant comme une accusée aux questions parsemées de pièges que lui traduit, tel un automate, un interprète à la voix monocorde. Une fois, il l'a vue perdre toute contenance, puis s'affaisser, lorsqu'ils lui ont demandé d'expliquer comment elle avait pu s'enfuir en abandonnant son époux aux mains de la milice.

De sombres pensées lui viennent, tandis qu'ils longent la 70e Avenue pour déboucher sur Biscayne Road. Là, ils prendront un autobus. De très loin, on peut voir l'édifice, une haute tour de verre qui domine la ville et se distingue nettement des autres constructions, beaucoup plus modestes. Tout au sommet, flotte le drapeau étoilé des États-Unis.

De gros ballots de nuages gris s'amoncellent dans le ciel. Le soleil lutte pour s'imposer, tandis que, de leur côté, les amas vaporeux se font de plus en plus denses. Alexis sent toute cette grisaille s'engouffrer en lui. Il a la gorge serrée, le visage renfrogné. Ils viennent de se mettre en route et, déjà, il se sent accablé de fatigue, alors qu'ils en ont pour une bonne heure.

À chacune de leurs visites, ils s'étonnent de cette flopée de juges et de fonctionnaires qui, l'air affairé, vont et viennent d'une pièce à une autre, établissent des dossiers, remplissent des tas de formulaires à leur sujet. Alexis a renoncé à comprendre à quoi tout cela doit finalement aboutir. Une seule question le hante et se fait tellement pressante en lui aujourd'hui : est-il possible qu'ils se soient trompés de la sorte ? Ils avaient quitté leur pays en souhaitant que leur vie prenne un nouveau tournant. Le long séjour dans le camp de réfugiés avait assombri leurs espérances. Puis cette libération miraculeuse leur avait laissé entrevoir de nouvelles avenues. Depuis leur arrivée à Little Haïti, tout cet espoir semble s'étioler, tels ces palmiers couverts de poussière qui se dressent des deux côtés de l'avenue Liberty qui longe le bord de mer.

— Ça va, Alex ? dit Janine d'une voix inquiète, en posant une main sur son épaule.

Alexis ne répond pas. Il devient distant et froid chaque fois qu'ils empruntent ce chemin. Depuis neuf mois, ils attendent, c'est trop long. Si on compte le temps passé derrière les barbelés dans le camp, il y aura bientôt deux années qu'il n'a pas été à l'école.

Au coin de Barry et Liberty, des écoliers se chamaillent. Alexis les voit se diriger vers un édifice qui affiche en grandes lettres : *Barry High School*. Il essaie d'imaginer à quoi doit ressembler une salle de classe dans ce grand immeuble. Son cœur se serre.

À l'arrêt d'autobus, un marchand de hot dogs leur fait signe. Dans un jargon mi-créole, mi-anglais, il propose, sous un auvent, sandwichs, frites et boissons gazeuses. De mauvaise humeur, Alexis le toise et détourne le regard. La vue des saucisses, leur odeur, le rend malade depuis son séjour au camp. Le mot «*dog**» lui-même, hurlé sans cesse par les gardiens à l'adresse des réfugiés, à Key West, lui donne la nausée. Sur le boulevard, des files de voitures emplissent la rue de leur vrombissement ininterrompu. «Cela ne s'arrête donc jamais?» se demande-t-il, irrité et inquiet.

---

*   Chien.

Où peuvent bien aller tous ces gens, nuit et jour? Il ne comprend rien à cette grande ville où il ne semble pas y avoir un temps pour travailler, et un autre pour rentrer chez soi, s'asseoir et bavarder avec les voisins.

Miami, lui a-t-on expliqué, n'est qu'une infime partie de ce pays. Il a un mal fou à s'imaginer le reste. Les grands boulevards, les autoroutes à perte de vue, les édifices immenses, ces tours gigantesques, tout cela l'impressionne et l'effraie. Monsieur Hubert lui a parlé d'un édifice dans la grande ville de New York, l'Empire State Building, qui compte cent deux étages et mille huit cent soixante escaliers! Difficile d'y croire.

Par chance, l'autobus n'est qu'à moitié rempli. Il leur est déjà arrivé de faire tout le trajet debout, agrippés aux lanières de caoutchouc gris. Ce matin-là, ils trouvent deux places. Janine s'installe et essaie de se détendre en prévision du stress qui les attend, tandis qu'Alexis s'amuse à compter les étages des grands édifices.

— Crois-tu, maman, qu'aujourd'hui ils nous donneront le droit de résidence aux États-Unis ?

— S'il faut se fier à ce qu'ils disaient le mois dernier, nous devrions enfin l'avoir. Tous les papiers paraissaient en ordre la dernière fois. À moins que... à moins que...

Elle s'agite sur son siège, paraît réfléchir puis :

— ... Ah ! Alex, dit-elle, l'air contrarié, tout en faisant avec les mains ce geste coutumier qui marque son impuissance et sa résignation – elle se frotte rapidement la paume d'une main contre le dos de l'autre –, je ne sais plus ! Je ne sais pas ce qu'ils vont faire ! Ni ce qu'ils veulent ! Je ne sais rien...

— Moi, je sais, reprend Alexis : ils veulent qu'on reparte dans notre pays. Eh bien, moi, je suis prêt à m'en aller pour revoir mon père, lance-t-il. Je suis fatigué de tout ce cirque !

Le visage de Janine se crispe, tandis qu'Alexis la regarde à la dérobée.

— Ça, c'est hors de question, crie-t-elle presque au bout d'un instant, la voix tremblante de colère. Toi, tu veux t'en aller ; moi, je veux surtout que tu arrêtes de me tourmenter.

Elle se lève de son siège, comme si elle voulait s'enfuir, quitter l'autobus. Elle s'arrête pourtant, porte la main à la poitrine. Son cœur galope, elle ferme les yeux. Un silence pénible, un silence plein d'angoisse engloutit soudain tout ce qui se trouve autour d'eux : le bruissement régulier des feuilles de palmiers qui pénètre dans l'autobus, porté par le vent, le ronflement des voitures, le chuintement des pneus glissant sur l'asphalte, le bruit assourdissant des klaxons, plus rien n'existe que ce silence.

— Veux-tu que je te dise quelque chose, Alexis ? reprend-elle, quelques instants après. Tu vois tous ces Haïtiens qui vivent à Little Haïti ? Il y en a davantage, dit-on, dans le New Jersey, à Boston, à New York, à Chicago, dans les grandes comme dans les petites villes. Tout comme nous, ils sont partis d'Haïti, ils ont quitté leur village, leur famille souvent, et traînent leur exil, leur peine, leur colère, leurs déceptions et leur misère, partout dans le monde. En Europe, comme ici, ils soignent les gens dans les hôpitaux, triment dans les usines, s'échinent comme domestiques.

Dans toutes les petites îles des Caraïbes, chez nos voisins, en République Dominicaine, ils sont traités comme des esclaves, peinent comme des forçats dans les champs de canne. Est-ce parce qu'ils préfèrent vivre loin de chez eux ?

Le front buté, Alexis se tait.

— Je te parle, réponds-moi ! hurle Janine, qui a complètement oublié la présence des autres passagers.

Le ton qu'emprunte Janine ne surprend guère Alexis. Elle réagit ainsi chaque fois qu'il manifeste son désir de retourner au pays.

— Tu ne veux pas me répondre, dit-elle, en martelant ses mots. Eh bien, continue de te taire ! Mais tu ne me rendras pas folle, ça, non, mon petit !

L'autobus fait un crochet sur Maple Avenue. Ils doivent descendre à pied Biscayne, parcourir au moins six pâtés de maisons jusqu'à l'intersection de Blooming et Biscayne.

Tout occupée à sa colère, Janine manque l'arrêt. Les sourcils froncés, la bouche sévère, elle se lève en sursaut, tandis que le chauffeur amorce la courbe. Elle attrape Alexis par le bras, le tire de son siège sans ménagement :

— Comme si ce chemin n'était pas déjà assez long, par ta faute j'ai manqué l'arrêt, bougonne-t-elle.

Elle avance à grandes enjambées, tout en continuant à déverser un flot de paroles. Des passants, étonnés, se retournent pour les regarder. Mais elle ne voit plus rien, n'entend personne.

— Tous ces Haïtiens, ceux qui conduisent leur taxi du soir au matin, risquant à tout moment leur vie dans cette circulation inhumaine, ceux qui vont travailler, laver les toilettes dans les hôtels où les riches se prélassent, ceux qui, tous les jours, sept jours sur sept, se tiennent derrière ces comptoirs dans les petits marchés de la 54e Avenue, ceux qui passent leur vie à nettoyer les rues, à vider les poubelles, ils n'ont pas envie de retourner dans leur pays ? Tu as plus de droits qu'eux, sans doute ? Non, mon garçon, tu ne vas pas me faire perdre la tête, tu m'entends ? crie-t-elle, à nouveau, des sanglots plein la voix.

Touché, Alexis marmonne :

— Je m'excuse, maman.

Janine s'arrête. Elle regarde autour d'elle, comme si, tout à coup, elle découvrait la rue et la présence des passants. Elle prend sa tête entre ses mains :

— Tout cela, c'est difficile à vivre pour un garçon de ton âge, murmure-t-elle, en regardant tristement son fils. Et puis, c'est bête. Tu ne peux même pas comprendre que dans notre malheur, nous avons encore de la chance ! Imagine un peu s'ils nous avaient envoyés dans un endroit où il fait froid, ou encore, dans une ville où on ne trouve personne qui comprenne notre langue, comme c'est arrivé à Mathurin et à Paul. Ici, au moins, on n'est pas seuls. Essaie d'avoir confiance, ou peut-être mieux, un peu d'espoir.

Dans un geste de tendresse, elle lui prend le menton :

— Tout finira par s'arranger. Le camp de réfugiés, les geôliers, c'est le passé. Ils ne peuvent pas nous y renvoyer...

Elle lui répétait souvent cette phrase avec la certitude qu'il s'agissait pour eux d'une très grande victoire ou encore parce qu'elle éprouvait pour elle-même le besoin de se la redire, tant et tant de fois. Mais Alexis ne pouvait pas mesurer la chance à la même aune que sa mère. Près de dix mois derrière les barbelés, les humiliations subies, il lui fallait du temps pour effacer tout cela de sa mémoire.

Ils ne sont plus qu'à quelques mètres du bâtiment. Alexis est fatigué. Imperceptiblement, il ralentit le pas. Du haut de son mât, le drapeau étoilé claque comme un fouet.

— Je donnerais n'importe quoi pour ne pas avoir à me présenter une fois de plus à ce bureau, marmonne-t-il, malgré tout.

— Comment? s'écrie Janine. Voilà que tu recommences?

Elle le prend une autre fois par le bras et poursuit en l'entraînant:

— Je sais bien. C'est le mépris et le dédain qu'ils affichent qui te blessent. Mais tu devras te forger une carapace, mon petit. Le monde est plein de gens semblables à ces fonctionnaires et il nous faut apprendre à vivre avec eux, malgré nous. Tiens, dit-elle, faisant un immense effort pour lui sourire, tout en arrangeant le col de sa chemise, je vais te confier un secret : tu sais que ces gens-là ne sont rien et n'existent que parce qu'ils sont dans ce bureau à nous tourmenter et nous cracher leur mépris ? Dis-toi qu'on leur est utile parce qu'on leur donne du travail. Sans la présence des réfugiés, ce bureau n'existerait pas. La plupart d'entre eux doivent être bien malheureux, crois-moi, car ils resteront derrière ce comptoir jusqu'à ce qu'ils soient tout courbés, ratatinés et édentés. Alors que pour nous, pour toi surtout, Alex, l'avenir est plein de promesses. Malgré tout, je persiste à croire que c'est une bonne chose pour ton avenir que nous ayons changé de pays. Ne connais-tu pas ce vieux dicton : « À quelque chose, malheur est bon » ?

Janine tire sur sa jupe et redresse son chapeau en essayant de saisir son reflet dans la grande porte vitrée. Rassemblant son courage, Alexis pousse la lourde porte pour laisser passer sa mère, puis entre à sa suite.

4

« ILS NE M'AURONT PAS ! »

Un accueil des plus désagréables est réservé aux réfugiés qui se présentent au 64, Biscayne Road. Une fois au comptoir, les gardes leur arrachent la convocation des mains et leur lancent un numéro, gravé sur une rondelle de métal. La rondelle tourne comme une toupie et parfois, elle tombe sur le sol. Ils doivent alors se baisser et la ramasser.

À la réception, ce jour-là, se tient le même cerbère aux yeux chafouins qui y était le mois passé, remarque Alexis. Il est engoncé dans le même uniforme violet, affiche la même expression de mépris au bord des lèvres, le même visage de cire que les gardiens du camp, comme s'il n'était qu'un robot, une statue fichée là. « Maman a raison. Je ne vois pas quel autre travail cet homme pourrait faire. Il a l'air d'un mannequin de plâtre planté derrière ce comptoir. »

Avec empressement, Janine tend à l'homme le feuillet rose de la convocation, puis elle saisit au vol la rondelle de métal qu'il a, comme prévu, lancée sur le comptoir avec la plus grande désinvolture. Elle n'a pas l'air de se soucier outre mesure de l'humeur des fonctionnaires. Il s'agit, Alexis le devine bien, d'une de ses stratégies. Même s'il ne parvient pas à l'imiter, il est fasciné et ému par cette obstination dont elle fait montre pour garder le moral. Jamais une parole de dépit ne franchit ses lèvres.

Sur deux chaises de métal raides placées près de la fenêtre, Alexis et sa mère s'installent. Leur attente, ce jour-là, durera près de deux heures.

Il est environ midi lorsqu'ils quittent le Bureau de contrôle. La chaleur monte du macadam, l'haleine chaude du vent s'engouffre dans les oreilles, dans les yeux de Janine qui ne voit plus rien. Un voile sombre la recouvre. Elle marche comme un ivrogne, s'empêtre dans ses chaussures. Encore un peu et elle va se mettre à tituber, à zigzaguer. Elle a mal.

Là, dans la poitrine, quelque chose comme une barre de métal fait pression, lui donne envie de hurler. Ils tournent au coin de Biscayne et Maple pour reprendre le chemin en sens inverse. Mais ils ne peuvent aller très loin. Janine transpire. Elle se sent si faible qu'elle doit s'appuyer contre un poteau pour ne pas perdre l'équilibre. La détresse et la déception lui ravagent le cœur. Cette rencontre n'a duré que dix minutes tout au plus. « Nous avons attendu deux heures, ils se sont débarrassés de nous en dix minutes. Dix minutes pour nous faire dire d'aller refaire tous les examens médicaux. Ils nous ont expédiés, comme des indésirables... Pourquoi, mon Dieu, pourquoi ? » se lamente Janine qui a beau se répéter les consignes que leur a traduites l'interprète, mais refuse avec véhémence d'y croire : refaire, et avant le prochain rendez-vous, tous les examens médicaux ?

« Se peut-il qu'Alexis ait raison ? Toutes ces tracasseries ne viseraient qu'à nous décourager, nous faire perdre espoir, et nous forcer à retourner chez nous ? Quand comprendront-ils que nous ne pouvons pas rebrousser chemin? Et l'argent pour refaire les examens, d'où viendra-t-il? Mes deux journées de travail au noir au restaurant Quisqueya ne rapportent presque rien, sans compter la peur de me faire attraper... Ah! Dieu de miséricorde», murmure-t-elle, tout en secouant la tête comme ferait Ma Lena, «je ne peux plus vivre ainsi!»

Alexis, qui lit toute cette détresse sur le visage blafard de sa mère, reste à ses côtés sans rien dire.

Janine plie et déplie nerveusement une feuille de papier rose: la nouvelle convocation qu'ils devront présenter au prochain contrôle, le mois suivant... un bout de papier, banal. Pourtant, il lui consume les doigts. Elle tremble sous le soleil qui a fini par se montrer. Elle tremble, malgré le soleil brûlant... Une dernière fois, elle parcourt dans tous les sens le papier rose: «*refugee, claimant, federal, immigration, law, violation, status**». Tous ces mots lui semblent vides de sens,

---

* Réfugié, demandeur, fédéral, immigration, loi, violation, statut.

et en même temps dotés d'un pouvoir immense, terrifiant. Elle se sent emportée par une rafale de vent furieux, un vent mauvais, un vent contre lequel il est inutile de se battre.

«Comment pouvais-tu être assez folle pour croire que ce cirque allait prendre fin aujourd'hui?» se reproche-t-elle. «Tu refuses d'ouvrir les yeux pour voir ce qu'est l'Amérique du Nord, pauvre idiote. Ton fils a déjà tout compris. Il est plus clairvoyant que toi. Te voilà maintenant sur une mer étrangère, une mer pleine de récifs, comment vas-tu t'en sortir? Ah! s'il faut que je me mette à avoir des regrets à présent...»

Elle pense très fort à Raphaël, souhaitant vivement sa présence à ses côtés. Tout au bout de l'avenue, le grand parc Jefferson et ses statues immenses. Elle propose à Alexis de s'asseoir un instant. À petits pas, elle franchit la grille. Des mouettes, voraces, se disputent les restes laissés par des promeneurs. D'un geste las, elle les chasse et se laisse tomber sur un banc.

Les rêves de bonheur ne suffisent plus à lui faire oublier ses problèmes... et

Alexis qui grandit sans aller à l'école. Un tourment sans nom accompagné d'une extrême faiblesse s'empare d'elle, car même le courage le plus obstiné a des limites. Elle regarde sans les voir les jeunes couples, les *latinos*, comme on dit ici. Enlacés, ils se dirigent nonchalamment vers le bord de mer en empruntant l'avenue Liberty. Là, de nombreuses boutiques, des restaurants offrent des *tacos*, des *burritos* que des clients attablés aux terrasses baignées de soleil dévorent, au son de musiques endiablées. Son regard va se poser au loin sur les grands édifices de verre poli du Liberty Plaza ; leurs reflets d'acier, le ronflement ininterrompu des voitures sur l'autoroute, en contrebas. Le monde qui l'entoure lui paraît soudain hostile, plein de dureté. De tout son cœur alors, elle souhaite être loin, loin de Miami et de Little Haïti.

Pourtant, malgré toutes ses angoisses et ses préoccupations, Janine essaie de tirer le maximum de ce séjour forcé à Miami. Elle travaille à titre de bénévole dans un foyer pour personnes âgées et Germaine, la propriétaire du restaurant Quisqueya, situé à un pâté de maisons du Havre, lui a offert de travailler deux soirs par semaine. Le salaire : une aumône, même pas le minimum.

« Mais à la guerre comme à la guerre », lui avait dit Germaine, « tu n'as même pas ta *green-card**, ma chère, tu ne peux pas être trop exigeante ! C'est toujours ainsi avec les réfugiés ! » avait-elle ajouté. « Ils veulent tout avoir, tout de suite. On se fend en quatre pour les aider, et voilà qu'ils se montrent plus royalistes que des rois. Après tout, c'est moi qui éco-perai si on se fait pincer ou dénoncer, puisque tu n'as pas d'argent pour payer l'amende. »

— Il faudrait rentrer à présent, maman, dit Alexis.

— Je sais bien, mon enfant. Mais je n'en ai pas la force.

— Si nous manquons l'autobus qui va arriver, il nous faudra attendre encore longtemps.

— Tu as raison. Je suis vraiment déboussolée, Alex. Comment allons-nous nous en sortir ?

---

*   Carte verte : permis de séjour.

— Regarde là-bas, il y a une fontaine. Va boire un peu d'eau et tu te sentiras mieux, conseille Alexis.

— Une chance que tu es là, Alex... Seule, je ne pourrais pas les affronter. Je me laisserais aller, je te jure.

Appuyée au bras d'Alexis, Janine se dirige jusqu'à la fontaine. L'eau fraîche la ranime un peu. Lentement, ils se dirigent vers l'arrêt d'autobus. Alexis précède sa mère de quelques pas. Elle le regarde aller et sent son cœur qui soudain déborde d'affection pour ce grand gaillard qui, à présent, a adopté la démarche altière de son père. «À cause de lui, je dois reprendre courage, me relever», se dit-elle, légèrement ragaillardie. «Je ne peux pas me laisser abattre! Pas maintenant. Si l'océan et tous les requins qui l'habitent n'ont pas eu raison de nous, eux ne nous auront pas, ça non! Je referai ces examens comme ils l'exigent. Eh bien, le plus faible va se montrer le plus malin. Je demanderai à Germaine de me laisser travailler toutes les nuits si possible au restaurant. À la rigueur, je chercherai à faire un emprunt. La guerre est loin d'être finie, messieurs les fonctionnaires», se dit-elle, accélérant le pas.

— Peut-être avons-nous une solution, maman, dit soudain Alexis, au moment où ils s'installent dans l'autobus.

— Laquelle?

— Voilà, tu pourrais demander à Germaine de me laisser travailler avec toi au restaurant.

— Mon petit! s'exclame Janine, effrayée. Nous n'avons pas le droit. Et puis, à ton âge, quel travail pourrais-tu bien faire?

— Je sais travailler. Je peux éplucher les légumes, laver la vaisselle, mettre le couvert...

— C'est vrai. Tu peux faire tout cela. Mais ce n'est pas permis par la loi. Et puis, Germaine est un *malfini**, une exploiteuse, elle te fera travailler sans te donner quoi que ce soit. Je vais plutôt essayer d'augmenter mes heures de travail. Au lieu de rentrer avec toi, je vais tout de suite au Quisqueya le lui demander.

Angle Biscayne et 72e Avenue, alors qu'ils descendent de l'autobus, Alexis repart à la charge :

---

*   Rapace.

— Tu ne veux pas que je t'accompagne, maman? Je pourrai peut-être gagner un petit peu d'argent en nettoyant le restaurant.

— N'insiste pas. Rentre à la maison. Je ne vais pas tarder. Et puis, cette Germaine n'a vraiment pas de manières, vulgaire, avec ça. Elle se prétend, comment encore? *self-made woman**! Comme pour dire qu'elle a travaillé tellement fort pour avoir ce commerce. Ce n'est pas un milieu pour toi.

Elle le pousse par les épaules en direction du Havre.

Sur la galerie, Alexis rencontre monsieur Hubert. Vêtu d'une salopette bleue tachée de peinture, il installe un escabeau.

— Monsieur Hubert! vous allez repeindre la galerie? Je cours me changer et je reviens vous aider. Est-ce que je peux?

— Ah! bonjour, fils. Je veux bien que tu m'aides. Tu arrives au bon moment. Je dois enlever cette vieille peinture qui s'écaille. Mais... attends un peu, dit-il en cherchant dans ses poches. Ta mère est là?

* Femme qui ne doit sa réussite qu'à elle-même.

50

— Elle est allée au Quisqueya, elle revient très bientôt.

L'homme tire de sa poche une enveloppe pliée.

— Tiens, dit-il, la tendant à Alexis. Le facteur vient de me remettre cette lettre pour elle. Je crois que c'est important, elle est recommandée. J'ai dû signer. Je cours au grenier chercher quelques vieux chiffons et des grattoirs.

Alexis s'empare de l'enveloppe. Elle vient de Montréal, au Canada, de son oncle Étienne... Il ne connaît pas vraiment cet oncle, un frère de Janine parti d'Haïti bien des années avant sa naissance. Il ne l'avait vu que sur des photos ; un homme gros, grand et bedonnant. Il lui avait trouvé l'air sévère. Cependant, mis au courant de leur situation à Miami, Étienne avait entrepris des démarches pour qu'ils le rejoignent à Montréal. Il leur avait fait parvenir des tas de formulaires que Janine avait soigneusement remplis et renvoyés, dans l'espoir que tout cela finirait bien par porter fruits... Alexis, lui, hésitait à croire aux promesses de son oncle.

«À Montréal», se disait-il, désabusé, «cela va se passer de la même manière. Ils vont nous demander de remplir des tas de papiers, de passer des examens médicaux, puis ils nous diront d'attendre et feront tout pour nous décourager et nous humilier. Miss Jakob, qui travaille au secours aux réfugiés à la Croix-Rouge, n'a-t-elle pas expliqué que certains réfugiés ne recevaient leur autorisation de séjour qu'au bout de plusieurs années? Quelques-uns devaient attendre jusqu'à cinq ou six ans, s'endetter en payant un avocat pour plaider leur cause, tout comme des criminels. Et souvent, même après cette longue attente, ils étaient malgré tout déportés.»

Alexis glisse l'enveloppe dans sa poche en se promettant de la remettre à sa mère plus tard. L'espace d'un instant, pourtant, il se voit débarquant dans un nouveau pays, un pays enfoui sous la neige, cette fois-ci. C'est ainsi que miss Jakob, née en Floride, décrivait le Canada. Elle lui avait même montré des illustrations dans un atlas.

Il enfile un vieux short et un pull délavé, puis va en toute hâte rejoindre monsieur Hubert. Sur la galerie, ce dernier travaille déjà en sifflotant.

— Il n'y a pas à dire, fils, ton avenir est au bout de tes doigts, dit-il, plein d'admiration.

En effet, le temps de le dire, Alexis s'attaque aux rangées de colonnettes qui forment la balustrade. Il remplace plusieurs vis abîmées par le temps et la rouille puis, à l'aide de papier de verre, polit le bois pour le débarrasser de la première couche de vieille peinture. Bien vite, il oublie la lettre, son oncle Étienne, et le Canada, ce pays sous la neige.

5

LITTLE HAÏTI

Janine revient du Quisqueya en pensant à sa conversation avec Germaine.

— Quel culot! Un jour, elle me le
paiera, se répète-t-elle, pour se consoler.

Germaine a senti que Janine avait un
urgent besoin d'argent. Elle en a profité.

— Eh bien, je suis contente de constater que tu descends de ton piédestal,
ma chère!

Elle roule des hanches, traîne ses
savates dans le restaurant et regarde
Janine de haut.

« Dommage que l'argent ne permette
pas d'acheter la grâce », pense Janine, de
son côté. « Pauvre Germaine! »

— C'est la morte saison. Je suis obligée
de te payer un dollar de moins l'heure.
Tu peux commencer dès ce soir, si tu
veux. Ici, il y a toujours du travail pour

ceux qui ne se prennent pas pour d'autres...

— Non, répond calmement Janine. J'ai des choses importantes à terminer. Je reviendrai demain.

— C'est comme tu veux, ma chère!

Janine ne dit rien. Elle sait qu'avec Germaine les discussions ne mènent à rien. Elle s'arrange toujours pour avoir le dessus. C'est le prix à payer pour glaner quelques sous dans cette jungle qu'est Miami. Janine n'avait rien dit non plus lorsque Germaine avait feint d'oublier ce dimanche où elle l'avait gardée jusqu'à trois heures du matin, et ce samedi où, ayant travaillé neuf heures d'affilée, elle ne s'en était fait payer que six.

Depuis leur arrivée, ils ont entendu raconter toutes sortes d'histoires d'horreur sur la situation des réfugiés venus d'Amérique centrale. Mexicains, Salvadoriens, pour la plupart de très jeunes gens, chassés par la misère, la répression, ou encore attirés par l'eldorado américain, sont souvent victimes de passeurs, organisés en réseaux, qui agissent à titre d'intermédiaires pour de grandes entreprises manufacturières.

— Tu vois, disait Janine à Alexis, un soir où elle était revenue du Quisqueya, fourbue, les mains rêches et pleines de petites entailles, tant elle avait frotté de chaudrons, je me demande ce que diraient les paysans, chez nous, s'ils apprenaient comment je me fais exploiter ici, moi, Janine, celle qui les encourageait à tenir tête aux grands dons*, voleurs de café et de cacao. On ne peut pas toujours choisir, dans la vie.

Tout en disant cela, elle pensait qu'il lui fallait économiser jusqu'au dernier cent pour ces nouveaux examens médicaux et aussi pour faire venir Raphaël, une fois qu'il serait libéré.

Elle n'avait pas eu trop de mal à décrocher ce boulot de misère. En effet, les Haïtiens étaient nombreux dans Little Haïti. Avec le temps, plusieurs d'entre eux étaient parvenus à monter de petits commerces, magasins d'alimentation, restaurants dignes de ce nom ou gargotes où s'entassaient des chauffeurs de taxis, pressés d'avaler un pot-au-feu ou un bon plat de riz aux fèves rouges

* Grands propriétaires terriens.

accompagné de légumes. Des salons de coiffure aux devantures pittoresques, dont les noms évoquaient souvent ce coin de pays qu'ils avaient quitté et qu'ils trimbalaient dans leur cœur, affichaient sur papier glacé des images de jeunes filles grimées, peinturlurées, parées comme pour un bal, avec, en guise de coiffure, des échafaudages compliqués qu'on prenait un temps fou à réaliser.

Little Haïti avait souvent changé de visage au cours du temps. Il portait auparavant le nom de Liberty City. Petit à petit, avec l'installation de nombreux Cubains, le quartier commença à se transformer en un véritable coin antillais. Puis, dès le début des années soixante, l'arrivée de différentes vagues de réfugiés en provenance d'Haïti en avait complètement modifié le paysage et les habitudes. Les Cubains, qui estimaient appartenir à une autre catégorie d'êtres humains que les Haïtiens, commencèrent à se déplacer vers les banlieues cossues. Ils se réinstallèrent en grande majorité dans une zone qu'on appelle aujourd'hui Little Havana.

Liberty City fut alors rebaptisée Little Haïti. C'était le lieu de passage obligé des réfugiés et immigrants originaires d'Haïti et d'autres îles des Caraïbes, un coin des Antilles avec de la musique à tue-tête envahissant les rues, le rire gouailleur des garçons sifflant les filles, sans oublier les grands-mères endimanchées se rendant à l'église sous leurs immenses chapeaux aux constructions baroques.

Une bande de gamins, cartable au dos, le regard malicieux, arrive en trombe sur la place. Ils poussent des cris de Sioux et agitent frénétiquement les bras pour faire peur aux oiseaux qui s'envolent en criant à leur tour à qui mieux mieux. Le pas lourd, les épaules basses, Janine se traîne jusqu'au Havre. Elle avait jusque-là refusé de se laisser décourager par les tracasseries administratives de l'Immigration. Elle se disait que tout s'arrangerait, que Raphaël bien vite les rejoindrait et que la vie leur sourirait à nouveau. Courageuse, elle essayait de glaner au jour le jour toutes les miettes d'espoir qui lui venaient de partout. Cette misère humaine qui déversait par brassées des réfugiés sur les plages les plus inhospitalières était universelle, pensait-elle. Elle avait croisé au Havre des femmes venues de tous les coins du globe, de pays, de contrées dont elle n'avait jamais entendu parler auparavant. Elle s'était étonnée des Iraniennes drapées dans leurs tissus sombres, le regard brillant malgré tout sous leurs voiles. Les Africaines qui avaient fui la terreur du Rwanda, du Libéria, du Tchad, de la Sierra Leone, majestueuses dans leurs pagnes, leurs marmots ficelés sur le dos, l'avaient émerveillée. Certaines, selon la coutume qui existait dans leur pays, s'étaient mariées avant que leur époux ne parte à la guerre dans les maquis; des mariages célébrés à la hâte, sans couronnes, sans joie et sans lendemain, puisqu'elles devaient tout de suite après quitter leur pays sans savoir quand la guerre prendrait fin, sans savoir non plus si elles auraient l'occasion de revoir un jour l'homme à qui elles avaient lié leur destinée. La misère humaine n'a pas de nom, pas de limites; la beauté non plus. Elles étaient si belles, ces femmes, malgré leur détresse.

Janine luttait quotidiennement pour ne rien perdre de sa fougue et de ses dons d'organisatrice. Un mois seulement après son arrivée au Havre, elle se portait volontaire pour travailler, au sein d'une équipe, dans un projet de rénovation de mobilier. Avec habileté et entrain, elle maniait la brosse à faire reluire le bois. Les pinceaux, le marteau n'avaient pour elle aucun secret. Grâce encore à ses talents, des rideaux neufs étaient accrochés à toutes les fenêtres du rez-de-chaussée. Elle s'était même mise en tête d'enseigner quelques rudiments de la langue créole à un groupe de femmes, et prétendait comprendre un peu le swahili. Elles riaient aux éclats, parfois, malgré la tristesse et l'incertitude du lendemain...

Arrivée devant le Havre, Janine se tient debout, les bras ballants, le regard perdu, comme si elle essayait d'organiser ses pensées. La peinture rose saumon qui couvre les murs extérieurs s'écaille et laisse apparaître de larges plaques de moisissure verdâtre. Dans ce quartier, les maisons sont basses, comme si elles s'écrasaient et s'enfonçaient dans la terre.

Elles s'alignent en rangs serrés des deux côtés de l'avenue et se ressemblent toutes. Lorsqu'on se tient à l'extrémité de la rue, on peut voir une mer de tuiles de couleur ocre qui forment les toits. Une haie de palmiers nains se dresse de chaque côté. Alexis les compare à des sentinelles épuisées. Ils font mauvais voisinage avec les automobiles qui puent le carburant et crachent la fumée. « Ce sont des symboles de liberté », affirme-t-il, « ils doivent pousser à l'état sauvage. Ils ont été plantés en cet endroit par erreur. »

« Je suis comme ces palmiers », se dit Janine. « Je suis arrivée ici par erreur. Ils auraient dû planter des amandiers, le long de ces rues. Alexis a souvent tendance à exagérer dans ses remarques acerbes sur l'environnement et le manque de charme de Little Haïti. Il a raison cependant en ce qui concerne les palmiers. Ils paraissent exténués, rachitiques. Leurs feuilles, séchées aux extrémités, semblent couvertes de rouille et restent figées, comme pour montrer du doigt l'extrême laideur de ce quartier de pauvres et de réfugiés, avec ses maisons délabrées, et cette odeur tenace de moisi qui vous prend à la gorge. Le sel de la mer contribue beaucoup à la détérioration des maisons», pense Janine, «l'humidité aussi. Il faut ajouter à cela que les gens qui y vivent n'ont pas toujours les moyens ni l'argent nécessaires pour effectuer des réparations. Alors, ils les laissent ainsi, pareilles à des maisons abandonnées. Madame Green déplore souvent le fait que ces logements appartiennent à des propriétaires, parfois des compagnies, qui les louent et empochent leurs revenus sans se soucier de les entretenir. Débris de toutes sortes et lambeaux de papier jonchent les rues et tourbillonnent dans la poussière que balaie doucement le vent. Encore un peu, le vent m'emportera avec tout ce fatras. Eh oui, il est des moments dans la vie où on se sent vraiment comme du fatras; moins que rien...»

Ce soir-là, Janine prépare le souper en silence. La cuisine ne résonne pas des éclats et des accents de cette langue improvisée, hybride, faite de sons, de gestes, d'explications dans plusieurs langues, ponctuées des rires fous de

ces femmes venues d'horizons si divers.
C'était ainsi... Lorsque l'une d'entre elles
revenait du Bureau de contrôle des
réfugiés, les nouvelles qu'elle en rap-
portait chassaient les rires, sapaient les
illusions. Le passé semblait anéanti, le
présent n'existait pas, l'avenir, encore
moins.

6

DES NOUVELLES DU CANADA

Ce n'est que le soir, au moment de ranger ses vêtements, qu'Alexis se souvient de la lettre remise par monsieur Hubert et qu'il la donne à Janine. Les mains agitées d'un tremblement irrépressible, elle déchire l'enveloppe, puis, les yeux agrandis comme des soucoupes, elle parcourt les feuillets de la lettre d'Étienne. Elle éprouve soudain le besoin de s'asseoir. De tout son poids, elle se jette sur le lit et se met à murmurer : « Mon Dieu, merci, mon Dieu, merci. » Les mots lui manquent, elle tend la lettre à Alexis, en criant :

— Le Canada a accepté qu'Étienne nous parraine !

— Ça veut dire quoi, nous parraine ?

— Eh bien, ça signifie que ton oncle Étienne signe pour nous, pour qu'on nous accorde le droit de résidence au Canada. Nous ne serons plus des clandestins !

Puis Janine s'en va en coup de vent remercier monsieur Hubert.

— Pour une fois que vous aviez oublié de me demander s'il y avait du courrier pour vous. C'est comme fait exprès, on dirait. Eh bien, c'est une bien bonne nouvelle, n'est-ce pas, que vous envoie votre frère ? Je suis vraiment content de savoir que vous pourrez le rejoindre au Canada. Il s'agit d'un pays beaucoup plus agréable que les États-Unis, dit-on. Comment le trouve-t-il ?

— Il ne m'en parle pas beaucoup. Sauf pour dire qu'il fait très froid, et que l'hiver dure longtemps.

— Vous êtes encore jeune. Vous pour-rez vous adapter au climat. Pour Alexis, ce sera beaucoup mieux qu'ici, je n'en doute pas. Il me parle beaucoup, votre Alex, vous savez, lorsque nous travaillons ensemble. Il m'a confié qu'il vit dans la peur qu'autour de lui tout s'effondre, à n'importe quel moment... Comme s'il ne savait plus comment faire confiance à la vie ni à personne ! Il faudra du temps pour le refaire, votre bonhomme! Il est très fragile. Quelque chose au-dedans de lui s'est brisé... c'est ça, je crois. Il y a de ces douleurs qui ne font pas vraiment mal, si on peut dire, mais qui vous brisent, comme ça, d'un coup sec. Il me manquera beaucoup... vous ne pouvez pas vous imaginer! Allez, moi, je suis au terminus... Je n'irai pas plus loin!

— Il ne faut pas désespérer, monsieur Hubert, la vie nous réserve bien des surprises, parfois.

— Vous dites cela parce que vous avez pitié de moi, je le sais.

Janine le regarde, une expression de stupeur sur le visage. Elle paraît soudain se réveiller. Monsieur Hubert ne parle jamais de ses chers disparus. Cette lettre lui fait penser que, lui, il n'a plus personne au monde. On raconte, au Havre, que ce sont l'émotion et la douleur causées par la perte de sa famille qui l'ont ainsi fait vieillir prématurément. Ses sourcils mêmes sont tout blancs alors que son visage, lisse, n'accuse aucun signe de vieillissement.

Ce soir-là, pourtant, l'homme parle longtemps à Janine.

— Je me suis souvent demandé d'où m'est venu le courage de poursuivre la route, de continuer à vivre sans eux, madame Janine. D'un seul coup, le même jour, au même instant, tous ceux qui donnaient un sens à ma vie ont été avalés par l'océan.

Janine hoche la tête, sans mot dire, tandis que l'homme poursuit son soliloque :

— La vie, c'est comme un cours d'eau que l'on croit remonter, mais dont les courants, sans cesse, nous ramènent au point de départ. Mais moi, je m'arrête ici, je n'irai pas plus loin. C'est difficile d'avancer seul dans la vie. Vous, au moins, vous avez Alex, et l'espoir également du retour de votre mari. Moi, je ne peux aller plus loin. Il répète cela d'un air sérieux, avec une sorte de mélancolie qui ne le quitte pas.

Janine fronce le nez. Monsieur Hubert pue l'alcool à mille lieues à la ronde. Jamais pourtant on ne l'a surpris en train de boire ou de tituber. N'était cette odeur insistante et ses yeux tout rouges, on pourrait jurer de sa sobriété. « Le chagrin peut détruire un être humain », pense Janine. « Quel gâchis, quel dommage », se lamente-t-elle, en fermant la porte et en lui souhaitant bonsoir.

Depuis le jour où elle a reçu cette longue lettre où Étienne lui explique que les démarches vont bon train, qu'ils pourront dans très peu de temps le rejoindre à Montréal, Alexis et elle, une agitation que rien ne peut tempérer s'est emparée de Janine. Cette chambre minuscule qu'ils occupent depuis leur arrivée à Miami ne suffit plus à contenir ses rêves et ses débordements. Elle va, elle vient, plus optimiste que jamais, échafaude des tas de projets, se parle à elle-même à haute voix, comme pour se convaincre que ce vilain cauchemar est vraiment sur le point de s'achever. « D'abord, sortir d'ici... », répète-t-elle, « avoir des papiers légaux, puis remuer ciel et terre pour sauver Raphaël. »

L'avenir semble s'étaler devant elle, il est radieux et porte trois noms : Montréal, Québec, Canada. Ainsi nomme-t-elle la nouvelle terre promise.

« Dire que c'est presque par mégarde que j'ai emporté ce vieux carnet d'adresses », s'étonne-t-elle, chaque jour.

«Vraiment, je l'ai découvert tout à fait par hasard dans mes effets, au cours de la traversée. Je ne savais pas que je l'avais pris avec moi. Un geste inconscient, sans doute. Un tout petit carnet abîmé par l'eau de mer. Lorsque je l'ai retrouvé, je l'ai soigneusement caché dans mon soutien-gorge pour ne pas le perdre. On y lisait à peine. Je suis quand même parvenue à déchiffrer quelques noms et l'adresse d'Étienne à qui j'ai écrit pour conter nos déboires. C'est ainsi que tout a commencé. En fait, j'ai écrit sans trop y penser, je ne croyais même pas qu'il aurait la possibilité de faire quelque chose pour Alex et moi. Quand la chance vous sourit, quand la chance a son mot à dire, rien ne peut l'empêcher d'avancer, ni les tempêtes ni les grands vents!»

Grâce à son travail à la Croix-Rouge, miss Jakob avait pu obtenir du Bureau de contrôle des réfugiés qu'ils fassent parvenir une copie complète du dossier de Janine et d'Alexis aux autorités canadiennes, simplifiant ainsi les procédures, au grand bonheur de tous et surtout d'Étienne qui disait avoir horreur des situations compliquées. «Les visas», annonçait-il finalement dans cette dernière lettre, « vous parviendront au plus tard dans huit semaines, avec les billets d'avion. »

Janine exulte. Elle a pourtant bien du mal à faire partager son enthousiasme à Alexis. Depuis son départ d'Haïti, il a adopté une attitude fermée, est devenu lointain, même hostile, jusqu'à un certain point. En effet, soit parce qu'il n'a pas pu comprendre l'ampleur du danger auquel sa mère avait tenté de le soustraire, soit parce que la douleur causée par l'absence de ce père qu'il aime tant est trop intense, Alexis ne peut s'empêcher de tourmenter Janine. En son for intérieur, il lui reproche encore d'être partie. Et comble de malheur, les démarches effectuées par la Croix-Rouge n'aboutissent toujours à aucun résultat concret. Le gouvernement d'Haïti s'acharne à garder Raphaël en prison sans qu'il ait jamais pu comparaître devant un tribunal.

— Tu me fais penser à la fable de la laitière et du pot au lait, lance Alexis à Janine, un soir, avec beaucoup d'arrogance. Tu échafaudes toutes sortes de plans, avant même d'avoir reçu les visas.

Et s'ils nous disent non, s'ils rejettent la demande d'oncle Étienne, qu'est-ce que tu vas faire ? Oncle Étienne se fait peut-être des illusions.

— Et toi, tu me fais penser en tous points à ce gringalet de Paul. Tu te souviens de lui, cet oiseau de mauvais augure, ce garçon de Bois-Joli ? Sur le bateau, il n'ouvrait la bouche que pour annoncer des malheurs. Ce n'est pas bon d'être ainsi, Alex. Tu appelles la défaite, crois-moi. Et puis, comment juger le monde entier à partir de l'attitude des autorités américaines ?

— Moi, je suis plutôt comme saint Thomas. Lorsque je verrai les visas écrits, là, dans ma main, que je pourrai les tenir, je ferai des projets. J'ai discuté avec monsieur Hubert, je lui disais que ce serait une terrible déception pour toi s'ils nous les refusaient. Il croit, lui aussi, qu'il vaut mieux ne pas mettre trop d'espoir dans les promesses, d'où qu'elles viennent. Miss Jakob dit également que je suis « *realistique* ».

Janine est en colère. Sa voix tremble. Elle fait pourtant de son mieux pour se dominer.

— Je ne sais pas ce que tu as pu raconter à monsieur Hubert ou à miss Jakob. Tout ce que je souhaite, c'est que nous puissions retrouver au plus vite une vie normale. Rien ne se fait comme avant, car voilà que tu discutes de nos affaires avec d'autres personnes, sans ma permission.

— C'est bien de ta faute. N'es-tu pas la première à prétendre qu'ici, au Havre, nous sommes une grande famille ?

Janine accuse le coup. Ses lèvres tremblent. Au bout d'un moment, elle ajoute :

— Le mot « *realistique* » n'existe pas, du moins pas en français. Ce séjour aux États-Unis n'a pas pu me faire oublier tout ce que je connaissais auparavant. Si je ne me trompe, on dit plutôt « réaliste ». Tu passes tes journées à te morfondre et rates une occasion en or d'apprendre l'anglais comme tu devrais le faire. C'est vraiment bête de ta part. Voilà que tu emploies de travers des mots glanés ici et là, au lieu d'étudier sérieusement.

— Tu changes de sujet à tout bout de champ, maman, s'impatiente Alexis. Moi, je m'inquiète parce que je me rends compte que tu ne connais pas bien oncle Étienne, même s'il est ton frère.

— Je ne le connais peut-être pas très bien, mais un frère est toujours un frère. C'est ça l'important! Et je ne veux plus avoir à discuter de cette affaire avec toi, clôt Janine d'un ton sec et tranchant.

Les visas canadiens et les billets d'avion sont arrivés un mois et demi avant la date fixée pour le départ vers Montréal. Avec anxiété, Alexis regarde sa mère décacheter une grande enveloppe cartonnée qu'un homme en uniforme est venu lui porter. Les mains de Janine tremblent lorsqu'elle signe l'accusé de réception fixé à l'enveloppe avec du ruban adhésif.

Alexis est très inquiet. S'il est vrai qu'il veut bien vivre dans un pays où il a le droit d'aller et venir à sa guise et, surtout, de pouvoir enfin fréquenter l'école, il ne peut s'empêcher de penser qu'une fois de plus ils s'en vont tout simplement vers l'inconnu, sa mère et lui. Et Raphaël, son père, toujours en prison, là-bas en Haïti. Il ne sait plus que penser de toute cette situation qui, à son avis, semble plutôt se compliquer avec ce nouveau départ. «Ici, au moins, nous pouvons compter sur miss Jakob. Peut-être qu'au Canada, ce sera plus facile pour papa de venir nous rejoindre», se dit-il finalement. En ces moments de doute lui reviennent avec insistance les paroles de sa grand-mère : «Il est bon d'être parfois comme la feuille au vent, de se laisser porter, qui sait, sur le chemin...»

Janine et son fils vivent les derniers jours précédant le départ de Miami partagés entre le désir intense de revenir à une vie plus normale, celle que leur offre de si grand cœur Étienne, et la crainte de l'inconnu qui les attend. À la façon dont sa mère répond à ses nombreuses questions, Alexis se rend compte de plus en plus que la perspective d'aller vivre chez ce frère parti du pays depuis si longtemps lui inspire également certaines craintes. Elle refuse de parler d'Étienne. «Cela aussi fait partie de ses stratégies», se dit-il. «Mettre sous les meubles tout ce qu'on ne peut expliquer... Pour papa, elle agit de la même manière.»

Alexis s'exerce alors à un jeu complexe : assembler mentalement le personnage de son oncle. Il doit avoir les cheveux grisonnants, puisqu'il est l'aîné de maman de quinze ans. On le dit grand et très fort. Alors il l'imagine doté d'une voix grave, la démarche pesante... Malheureusement, les images se succèdent, et il n'arrive pas à composer un visage à oncle Tienne, comme sa mère le surnomme. Abandonnant ce jeu puéril, il se dit qu'un portrait physique ne révèle sûrement pas grand-chose sur quelqu'un. « C'est en dormant avec Jean qu'on sait si Jean ronfle fort ou s'il ne ronfle pas du tout », disait souvent Ma Lena, dans de telles circonstances. On aura toujours le temps de savoir qui est oncle Tienne.

Tant de choses à régler avant ce nouveau départ. Janine n'a pas le temps de penser ni de s'attarder à discuter avec Alexis. Au restaurant Quisqueya, elle met les bouchées doubles, afin d'avoir au moins un peu d'argent de poche, sans compter les ménages qu'elle a commencé à faire tous les mercredis, dans une belle maison du quartier de Boca Raton. Elle veut offrir un veston tout neuf à Alexis pour ce voyage en avion. Sur l'avenue

Biscayne, elle en a vu de très beaux. Elle lui a déjà acheté une belle paire de chaussures. Il faut qu'il soit beau, son fils, pour ce grand voyage. Son cœur bat très fort lorsqu'elle y pense. Elle lève souvent les yeux vers le ciel et sent le vertige s'emparer d'elle. «Mon Dieu», implore-t-elle, «j'espère que vous allez vous mettre en dessous de l'avion pour nous protéger.» Puis elle rit, essaie de se calmer, et se met de nouveau à avoir peur quelques instants plus tard.

Elle ne revient du Quisqueya qu'à la nuit tombée, épuisée, écœurée, sentant la graisse et la fumée, et n'aspirant qu'à se coucher. Elle trouve la plupart du temps Alexis déjà endormi. Un sommeil fort agité pendant lequel il se met souvent à hurler : «Non, non, allez-vous-en... papa, papa!» Elle sait que ces cauchemars l'habiteront encore longtemps.

Ce matin, il faut se rendre chez le photographe, puis au consulat d'Haïti pour chercher des passeports.

— Pas de voyage sans passeport, explique Janine. Un passeport, c'est une pièce d'identité importante, annonce-t-elle fièrement. Un peu comme une carte de visite, un document qui dit qui tu es, d'où tu viens.

Alexis regarde sa mère qui, devant un vieux miroir ébréché au tain presque effacé, s'aplatit les cheveux avec force brillantine. Jamais, à la Ruche, il ne l'avait vue mettre autant d'application à sa coiffure. Encore un peu, elle serait allée dans un de ces salons de la 52e Avenue où l'on vous fait ces coiffures si extravagantes !

Non loin du consulat se trouve le studio d'un photographe. Mère et fils sont habillés comme pour une noce. Janine a exigé qu'Alex s'affuble d'un veston finalement déniché à l'Armée du Salut. Elle a beau expliquer qu'elle l'a confié au teinturier, qu'il a été nettoyé, désinfecté, Alexis n'en a cure. Sitôt la séance de photo terminée, il enlève son veston et le tend à Janine qui le porte, plié sur son bras. Quant à Janine, sa surprise est grande de constater qu'on ne photographie que le visage.

— Cela valait bien la peine de se lever si tôt pour se préparer et repasser nos vêtements, bougonne-t-elle, en regardant les photos.

7

Au revoir, monsieur Hubert...

«Les adieux, ça fait toujours mal», pense Alexis, dont le front têtu et l'obstination cachent un grand sentimental. Son séjour au Havre a suffi pour nouer avec monsieur Hubert une nouvelle et belle amitié. Il en est de même avec madame Green qui s'était mise, elle aussi, à l'appeler «*my son**». «Ils vont beaucoup me manquer», se dit-il.

Une insupportable mélancolie s'est emparée de lui depuis quelques jours. Il revit ses adieux à son ami Jérémie. Cet après-midi-là, toutes les femmes semblent s'être absentées du Havre. Elles sont sans doute au parc, essayant

---

* Mon fils.

d'oublier leurs problèmes, dans la chaleur qui étourdit et les cris des oiseaux. Alexis est seul dans la grande pièce, la salle de séjour. Quelques rayons d'une lumière blafarde dessinent des arabesques dans les vitres. Perdu dans ses pensées, il garde les yeux fixés sur la fenêtre, comme hypnotisé par ce jeu inconscient de l'ombre et de la lumière. Les pas de madame Green qui arrive, épuisée d'avoir porté deux grands sacs pleins de livres, l'arrachent de sa torpeur. Il court en toute hâte l'aider.

— *Oh, my dear son, thank you*, murmure-t-elle. *I'm gonna miss you so much**!

Alexis ne répond pas, mais il a tout compris. « Elle va me manquer à moi aussi », pense-t-il plus d'une heure après, tandis qu'il se tient debout, face à la grande table, rafistolant, à l'aide de colle et de papier, une pile de livres rapportée du marché aux puces. Elle a une voix cristalline, madame Green, ça sonne comme le verre qui se brise. C'est peut-être pour oublier ses problèmes qu'elle travaille autant dans cette maison. La

---

*   Oh, mon cher fils, merci. Tu vas tant me manquer !

voix de monsieur Hubert, elle, est râpeuse. Lorsqu'il se met à parler, les sons paraissent débouler, comme s'il était heureux de pouvoir enfin libérer cette gorge qui a contenu trop de silences.

La voiture de madame Green quitte l'allée dans un bruit de graviers. Presque au même instant retentit la sonnette de l'entrée. Alexis se précipite pour ouvrir et tombe nez à nez avec un garçon d'une dizaine d'années, courtaud et si gras qu'il semble fait tout d'une pièce. Son cou disparaît dans ses épaules.

Alexis le dévisage. L'autre le regarde, immobile, les yeux écarquillés et la bouche grande ouverte. Alexis l'a souvent aperçu de l'autre côté de la rue, jouant seul dans l'allée.

Le garçon continue à le regarder sans prononcer une seule parole. Alexis cherche désespérément quelque chose à dire, mais rien ne lui vient à l'esprit. Soudain, une voix stridente, venue de la maison d'en face, hurle :

— *Steve, come here right now*!*

___

*   Steve! Viens ici tout de suite!

— *It's my mom**, s'empresse de dire le garçon dont la langue se délie comme par magie.

— *You wanna come play with me***?

Dans l'attente d'une réponse, ses yeux se posent sur Alexis avec encore plus d'intensité. Ce dernier secoue négativement la tête :

— *No, no****, répond-il, tout en refermant soigneusement la porte.

Alors, tout comme il était venu, le garçon s'éloigne en faisant rebondir son ballon qu'il attrape en courant. Resté seul, Alexis réfléchit un long moment avant de se décider à reprendre son travail. Lui revient à la mémoire la conversation qu'il avait eue avec Jérémie juste avant son départ. «Les gens changent lorsqu'ils vivent trop longtemps loin de chez eux», disait Jérémie. «Ils deviennent bizarres, ils se comportent de façon étrange.»

«Pourquoi n'ai-je pas accepté?» se demande-t-il. «Est-ce que j'ai déjà tellement changé? Non, c'est parce qu'il est

* C'est ma mère.
** Veux-tu venir jouer avec moi?
*** Non, non.

81

vraiment étrange, ce garçon, avec son cou qui rentre dans ses épaules, tant il est gras. »

Une voix teintée de reproches s'élève au-dedans de lui, protestant contre son attitude : « Tu es devenu désagréable », lui dit la voix.

« De toutes façons », se dit Alexis pour en finir, « c'est trop tard pour nouer de nouvelles amitiés. »

Alexis rejoint monsieur Hubert dans la cour. Il lui raconte la visite de Steve, et regrette, dit-il, de ne pas lui avoir parlé.

— Pourquoi tu refuses d'entrer en contact avec les gens ? questionne monsieur Hubert. Moi, je m'entends bien avec toi, mais je ne suis qu'un vieil homme. Tu as besoin d'amis.

— Tous mes amis sont restés là-bas.

— Pour l'instant, tu es ici, Alex. Le temps présent compte énormément, plus que le passé. Tu te fais du mal pour rien. C'est comme ta décision de ne pas assister au cours d'anglais. Ce n'est pas raisonnable. Moi-même, je suis des cours depuis trois ans déjà. On ne peut refuser la connaissance, mon garçon. Si tu lisais l'anglais, tu pourrais venir avec moi à la bibliothèque et, parfois, je t'emmènerais au cinéma.

— Le cinéma, c'est que des images. On peut toujours les regarder.

— À quoi sert-il de contempler des images sans comprendre? On risque de passer pour idiot en riant lorsqu'il faut pleurer.

— Pour l'anglais, c'est plus fort que moi, marmonne Alexis, honteux. Tout de même, je comprends un peu maintenant, même si je ne parle pas.

— Ce serait beaucoup mieux si tu acceptais de mettre de côté ton obstination. Mais revenons à Steve. Qu'est-ce qui t'empêche de te lier avec lui? Il a bien fait le premier pas? Il est sans doute un peu plus jeune que toi, mais il n'est pas différent.

Alexis fait la moue, comme pour exprimer un léger doute.

— Tu y vas un peu fort, mon vieux, tu ne crois pas? le sermonne monsieur Hubert. Un grand nombre d'enfants ici sont gros, tout comme Steve, alors que toi, tu peux te cacher derrière un clou. Cependant, j'ai ma petite idée. Tu peux toujours me dire si je me trompe. Je crois que tu as peur de te faire de nouveaux amis parce que tu ne sais pas combien de temps cela va durer. Tu as peur d'être à nouveau séparé d'eux, n'est-ce pas?

Alexis hoche la tête.

— Tu as raison, fils. Mais la vie est ainsi faite.

À ces mots, l'homme lui tourne brusquement le dos, s'en va vers ses plantes, tout en marmottant pour lui-même:

— Ce qui nous est le plus cher, parfois, nous est enlevé comme s'il ne s'agissait que d'un mirage... eh oui... un mirage.

Du revers de sa manche, monsieur Hubert essuie la sueur qui perle à son front et se penche sur un buisson d'églantiers.

Toujours tiraillé par sa conduite, Alexis s'accroupit à côté de l'homme pour poursuivre la conversation:

— Pourquoi les gens sont si gros, ici, monsieur Hubert?

— Soit parce qu'ils mangent beaucoup plus que ce qui leur est nécessaire ou encore parce qu'ils mangent mal.

— Ils ont l'air de petits cochons roses, les enfants, souligne Alexis, un sourire moqueur aux lèvres.

— Tu n'es pas très gentil, Alex. D'ailleurs, as-tu remarqué qu'à la télévision, on nous encourage à manger ? Il y a toujours une publicité alléchante.

— Pourquoi veut-on que les gens mangent autant ?

— Plus les gens mangent, plus ils achètent de la nourriture, plus ceux qui fabriquent cette nourriture font des profits. À propos de profits, tu sais ce que j'ai lu dans une revue ?

Monsieur Hubert semble réprimer un frisson de dégoût. Il continue :

— Il paraît que dans certains laboratoires, ils ont trouvé le moyen de fabriquer des poulets à quatre pattes.

— Des poulets comment ? s'étonne Alexis.

— Je te jure, mon petit. Ils ont même montré une photo. On appelle cela des manipulations génétiques. Ils font en sorte que les ailes des poulets se transforment en pattes supplémentaires.

— Mais pourquoi ? crie Alexis, horrifié.

— Pourquoi ? C'est bien simple. Les gens consomment beaucoup plus de cuisses que d'ailes. Comme ils ne peuvent pas fabriquer les cuisses sans le poulet, alors ils s'arrangent pour que ce même poulet se transforme en une espèce d'animal étrange qui a quatre pattes au lieu de deux. Ce qui importe, c'est qu'il ait deux cuisses de plus. Cela fait plus d'argent dans leurs poches.

— Et comment marchent ou volent ces poulets avec leurs quatre pattes ?

— Ça, mon petit, ils ne l'ont pas dit.

— Les gens sont fous, monsieur Hubert ! s'exclame Alexis, l'air découragé.

— Ils prétendent que ces expériences sont des progrès scientifiques.

— J'ai un ami qui se nomme Mathurin. Il était avec moi dans le camp. Il dit que les grandes découvertes des hommes n'ont pas servi à atténuer leurs souffrances, qu'elles en ont créé d'autres plutôt.

— D'une certaine façon, il a raison quand on pense aux bombes avec lesquelles on extermine des populations entières.

8

Adieu, Miami !

Le mois d'août bat son plein à Miami. Des nuées d'enfants envahissent le parc Jefferson et piaillent en compagnie des oiseaux. Une chaleur torride, suffocante, vous enveloppe telle une gangue dès le lever du jour. Alexis et Janine retournent ce matin au 64, Biscayne Road. Ils sont en nage tant le soleil tape fort. Ils ont par contre le cœur et le pas si légers. C'est bien la première fois qu'ils parcourent ce chemin libérés de l'angoisse et de la peur.

Les files de voitures paraissent beaucoup moins effrayantes à Alexis. Tout lui semble moins hostile, soudain, dans cette ville. Demain, ils prennent l'avion pour Montréal.

Janine a veillé toute la nuit dans l'attente du moment où elle se rendrait au Bureau de contrôle pour remettre les permis de séjour temporaires et annoncer fièrement qu'elle lève l'ancre avec son fils. Le soir précédent, aidée de monsieur Hubert, elle s'est exercée à prononcer avec la plus grande application les phrases à dire au fonctionnaire qu'elle trouvera derrière le comptoir. « Lorsqu'il lancera la rondelle de métal », se répète-t-elle, « je la laisserai rouler sur le plancher puis, tranquillement, je la ramasserai et je la ferai claquer à mon tour sur le comptoir en disant : *I do not need a number anymore. I am no more a number, no more a refugee. I am Janine Jolet. I am leaving Miami tomorrow with my son, Alexis Jolet. Thank you, bye and good luck to you*!* »

Les yeux brillants, les lèvres desséchées par une espèce de fièvre que lui cause l'attente de cette petite vengeance, elle se prépare, comme une actrice pour une représentation.

Ahuri, l'homme au complet violet la regarde mettre son pied sur la rondelle

---

*   Je n'ai plus besoin d'un numéro. Je ne suis plus un numéro, je ne suis plus une réfugiée. Je suis Janine Jolet. Je quitte Miami demain, avec mon fils, Alexis Jolet. Merci, au revoir et bonne chance !

de métal. Il ouvre et ferme la bouche tout comme un poisson, tandis que son visage emprunte progressivement la couleur de son veston. Janine déplie avec soin le feuillet rose, réclame une copie avec la signature de l'employé, qui s'exécute de très mauvaise grâce, puis, dans un geste théâtral, elle lui remet une copie de son autorisation de résidence permanente à Montréal, afin, se dit-elle, qu'ils sachent que nous quittons vraiment cette ville et ce pays, pour toujours...

Que Miami leur semble belle ce jour-là, lorsqu'ils laissent le 64, Biscayne Road, après avoir rempli toutes les formalités requises ! Les narines frémissantes, Alexis et Janine découvrent la ville sous un nouveau jour et s'étonnent même de ressentir une pointe de nostalgie. D'un pas décidé, ils longent l'avenue Liberty, s'aventurent jusqu'au Sunset Boulevard, aux limites de Little Haïti. Pour la première fois, ils osent s'attabler à la terrasse bondée du Pepe Taco et commandent des *nachos*, des crevettes grillées enfilées sur des bâtonnets qui réveillent leurs papilles, et des jus de goyave et de papaye. C'est vendredi, la rue regorge de monde. Se frayant un chemin dans la foule, ils prennent ensuite un autobus, pour se rendre jusqu'à Malibu, sur la plage.

— On peut bien se payer une petite folie, dit Janine à son fils qu'elle tient fièrement par les épaules. Et puis, j'ai besoin de revoir la mer! J'ai demandé à Étienne s'il y avait la mer au Canada.

— Et puis?

— Il semble que non. Du moins, pas à Montréal. Il n'y a qu'un fleuve aux eaux grises.

— Rien qu'un fleuve?

— Il paraît. La mer aussi est là, quelque part dans le pays, mais c'est très loin. Il ne l'a jamais vue. De plus, elle est sûrement très froide.

Janine veut profiter de cette dernière journée pour marcher dans la ville avec Alexis. Qui sait, peut-être ne reviendront-ils jamais dans ce pays? «De plus», se dit-elle, «il fait beaucoup trop chaud pour s'enfermer au Havre.»

Malibu, au mois d'août, avec ses marchands de cacahuètes et de glace pilée, les enfants et leurs cerfs-volants aux couleurs chatoyantes et, surtout, la chanson de la mer, tout cela lui rappelle vaguement Haïti.

— Moi, je trouve que la vie est étrange. On a l'impression quelquefois que tout s'arrête ou encore que tout s'écroule autour de nous et puis, soudain, les choses commencent à se remettre en place.

Alexis réfléchit tout haut. Janine le regarde, et sourit.

— À qui le dis-tu, mon fils? Les vieux chez nous disent souvent que la vie, il faut l'essayer! C'est vrai que tout a l'air de se replacer pour nous. Quand on pense que miss Jakob a pu obtenir des autorités haïtiennes qu'un médecin fasse un rapport sur la santé de ton père! Pour moi, c'est presque un miracle!

Janine s'anime lorsqu'elle parle de son mari... la nervosité la gagne. Elle sait que sans l'intervention acharnée de miss Jakob, sans cette insistance, on aurait laissé mourir Raphaël dans un cachot.

Elle passe une langue rapide sur ses lèvres.

— Beaucoup de prisonniers meurent faute de soins, mais surtout parce que personne n'ose dénoncer ouvertement leur situation. Miss Jakob, en alertant les journalistes, les a forcés à bouger.

— Forcé qui?

— Les militaires, ceux qui le gardent prisonnier.

— Tu crois qu'ils vont vraiment le soigner, papa?

— Puisqu'il a un droit de visite actuellement, il est facile de savoir si oui ou non il est soigné. Il paraît que le père de Jérémie, accompagné de plusieurs membres de la coopérative, est allé lui rendre visite. Comme le dit miss Jakob, c'est une première manche, une première bataille gagnée! La Croix-Rouge et Amnistie Internationale, en forçant le gouvernement à reconnaître le statut de prisonnier politique à ton père, lui ont peut-être sauvé la vie! Et miss Jakob, hier soir, m'a promis que, même si nous quittons Miami, elle poursuivra le travail entrepris, jusqu'à la libération de ton père. C'est plus qu'une victoire, Alex! Ils ont pu obtenir l'amélioration de son régime alimentaire, c'est-à-dire qu'il va être mieux nourri. Cela n'a pas dû être facile!

— Ils peuvent toujours faire semblant, prétendre qu'ils vont améliorer ses conditions de détention, dire des tas de choses et en réalité...

— Tu as raison, mon fils. Mais ils se rendent compte que Raphaël n'est pas abandonné, que même à l'étranger des gens se préoccupent de son sort et peuvent dénoncer les abus qu'ils commettent. Étienne m'a dit avoir lu dans les journaux du Canada que la situation au pays se dégrade. Les étudiants se sont mis à organiser des manifestations partout, dans toutes les villes. Ils réclament le départ du président. On rapporte même que dans la ville des Gonaïves, des lycéens ont été attaqués par l'armée.

— Les ont-ils frappés, battus ? demande Alexis, d'une voix blanche.

— D'après Étienne, il y aurait plusieurs blessés graves et même des morts.

— Parmi les jeunes ?

— Oui. Trois étudiants.

— C'est terrible.

Sur la plage, le ciel bleu est si haut. Présentes partout, les mouettes s'agitent bruyamment, se livrant une guerre sans merci pour engloutir chacune le plus de restes possible.

— Si papa pouvait les voir, il dirait qu'elles sont comme les grands dons, fait remarquer Alexis. Jamais repues. Elles sont tellement voraces que je les trouve laides.

— Ça, tu peux le dire. Elles sont même plus gourmandes que les pigeons, renchérit Janine.

Janine et Alexis ont enlevé leurs chaussures et marchent en enfonçant leurs orteils profondément dans le sable. «C'est chaud, c'est doux», pense Alexis. La vue de l'océan le rend mélancolique. C'est la deuxième fois qu'il vient sur cette plage. La première fois, c'était en compagnie de monsieur Hubert. Il avait été saisi d'un tremblement irrésistible lorsqu'ils avaient quitté l'autobus et débouché face à la mer. «L'océan, c'est comme un monstre qui peut vous avaler sans vous faire mal», disait-il, ce jour-là. «Il n'a pas de mâchoire, ne vous broie pas les os, mais il garde la gueule toujours ouverte pour vous engloutir. Maman a raison. N'était la chance, nous ne serions plus, elle et moi aujourd'hui, que quelques os éparpillés au fond de ce gouffre.»

— C'est étrange comment la vie nous enseigne des choses, maman. Je me rappelle encore le jour où tu m'avais annoncé que nous devions quitter Haïti en cachette, sur ce bateau. Ma plus grande crainte était de savoir si le capitaine allait pouvoir trouver son chemin sur l'océan.

— Demain, nous prenons l'avion. Tu ne te poses pas de questions?

— Pour le moment, je préfère ne pas m'en poser, répond Alexis qui croit noter une pointe d'ironie dans la voix de sa mère. À présent, j'ai décidé d'appliquer de plus en plus les conseils de Ma Lena: me laisser porter comme la feuille au gré du vent...

— Quelquefois, c'est bon...

La majorité des promeneurs et des baigneurs s'agglutine au même endroit sur la plage, là où le courant semble le moins fort. Janine et Alexis s'éloignent des corps allongés sur le sable, certains rouges comme des écrevisses. Ils avisent des paillotes isolées, près des dunes, loin, là où les cris des baigneurs ne leur parviennent plus que dans un écho, repris par les vagues. L'air est saturé de cette odeur forte et familière de sel. Il colle à la peau, envahit les narines, se faufile sous les paupières, emplit les poumons.

— Dire que nous n'allions presque jamais nous promener sur les plages, chez nous, soupire Janine en se laissant tomber sur le sable.

— Nous pensions peut-être que tout cela serait toujours là pour nous. C'est la deuxième fois que je viens ici et chaque fois j'ai des crampes au ventre. Je me rappelle le jour où notre bateau a échoué sur la plage de Key West. Je revois les chiens, leurs crocs menaçants.

— Arrête, Alex. Pas aujourd'hui.

— Mais c'est comme un sceau dont nous sommes marqués, maman. Et si je devais vivre cent ans, je m'en souviendrais encore.

— Non, je ne veux pas, réplique avec vivacité Janine.

Elle se reprend rapidement, cependant, pour ne pas irriter son fils et gâcher ce beau moment sur la plage.

— J'aimerais que tu sois un peu plus optimiste, maintenant. Pense aussi à Mathurin, qui a tout laissé là-bas et n'a pas la même chance que nous. Il ne connaît personne qui puisse lui venir en aide, comme Étienne le fait pour nous. Qui sait ce qui va lui arriver ?

— Je comprends... je comprends, maman... mais c'est difficile, soupire Alexis, en s'allongeant près d'elle sur le sable.

Il ferme les yeux, préférant s'étourdir de la chanson des vagues.

— Le soleil est blanc, murmure-t-il après un long moment.

— Le soleil n'a pas de couleur, réplique Janine.

— Je crois que si... Sur la mer, ici, lorsque j'ai les yeux fermés, il pénètre sous mes paupières, et je le vois blanc... À Little Haïti, il est orange et gris. Chez nous, à la Ruche, je le voyais vert sur les bananiers et les champs de canne. Sur les montagnes, il était bleu vert, turquoise, parfois, avec un peu de gris. Lorsque les caféiers étaient couverts de leurs fruits rouges, il devenait rouge orange, le soleil. Et lorsqu'il était midi et que, dans les champs, plus personne ne pouvait travailler, je le voyais jaune, comme des flammes.

— Que tu es étrange, mon garçon, dit Janine, étonnée. Moi qui ne cesse de penser que lorsque nous serons au Canada, tu feras de très grandes études, que tu deviendras un savant!

— Moi, je voudrais devenir écrivain. J'ai écrit un poème que je veux donner en cadeau à miss Jakob, pour la remercier de s'occuper de papa.

— Vraiment? s'exclame Janine, enthousiaste.

— Il est dans ma poche, annonce Alexis qui se redresse, fouille dans ses poches et en extirpe une feuille blanche froissée. Je vais te le lire. C'est très court. Dis-moi ce que tu en penses. J'en ai aussi écrit un pour monsieur Hubert.

— Eh bien, oui, je t'écoute...

— Ah, j'ai laissé à la maison celui de miss Jakob. Je n'ai que celui de monsieur Hubert. À mon ami Hubert, commence Alexis, qui s'éclaircit la voix :

Le bonheur, c'est une fleur
il vient de cet arbre que l'on nomme amitié
une main qui cherche la vôtre
un cœur qui malgré ses peines
va à la rencontre d'un autre

une voix qui oublie ses douleurs
trouve les mots pour parler
et peut encore vous appeler fils
même si elle sait que demain...
demain à coup sûr, ce fils
lui aussi s'en ira...
s'en ira, tout comme un mirage...
À mon grand ami Hubert,
merci d'avoir pris le temps d'être
                              mon ami...
merci pour ce bonheur de l'amitié.

— Oui... acquiesce Janine qui baisse les yeux.

Elle inspire profondément.

— C'est très beau, Alex! Mais c'est triste. Moi, la tristesse, parfois, je rêve de m'armer d'un bâton pour la chasser, loin, très loin de moi.

— Bon, dit Alexis qui s'éloigne un moment pour revenir peu après, les poches remplies de cailloux lisses ramassés sur la grève. J'en ai choisi onze, annonce-t-il. Un pour chacun des mois passés ici. Lorsque nous avons quitté Key West, j'en avais ramassé dix. Souvenir de nos dix mois de détention.

Il est tard lorsqu'ils reprennent l'autobus et reviennent à Little Haïti. Le soir est rempli du parfum tenace de la mer qui imprègne tout : le chant des cigales, les rires des amoureux qui déambulent sur la Liberty Plaza dont les néons clignotent et racolent autant qu'ils le peuvent.

— Demain, à cette heure, nous foulerons un autre sol, dit Janine en pénétrant dans le centre d'hébergement.

Après avoir bouclé les deux valises dans lesquelles s'entasse leur maigre bagage, Alexis les met devant la porte laissée entrouverte. La chambre lui paraît si grande et tellement vide avec ses deux lits étroits : le sien, coincé sous la voûte de l'escalier, celui de Janine, presque à l'entrée. Le papier peint se détache par gros lambeaux, laissant apparaître çà et là, sur le mur, comme des taches d'eau rouillée. Un vague attendrissement le saisit. Il se rappelle un premier départ, dans la nuit ; une petite chambre avec, au fond, une armoire en bois d'acajou, remplie de trésors devant lesquels sa mère hésite... Des trésors qu'ils ne reverront sans doute jamais. Dans la nuit, une odeur de jasmin et des chiens qui jappent.

Il se met à pivoter en tous sens, comme s'il craignait d'oublier quelque chose, alors qu'il n'y a rien d'autre à prendre que ces deux petites valises abîmées, achetées par Janine chez un brocanteur de la 52e Avenue. Il se dit alors qu'il laisse dans ces murs humides ce qui lui reste de son passé. Il a le sentiment net et tranchant qu'il tourne définitivement une page.

Dans cette chambre, sa mère et lui ont partagé les mêmes peurs, les mêmes inquiétudes, et ils se sont souvent querellés à propos de ce qu'elle appelle son entêtement. Mais elle a pris l'habitude de le consulter sur tout, de le mettre au courant de tout. Pour Alexis, c'est très important. Il se sent plus proche de Janine et s'en réjouit. En l'absence de Raphaël, ils doivent rester très unis, pour être plus forts.

Au rez-de-chaussée, Janine fait ses adieux.

— Finis les *akras** et les *fish beignets***, annonce Zohra, une réfugiée kurde, en

---

* Beignets faits de légumes ou de viande.
** Beignets de poisson.

lui ouvrant les bras et en l'embrassant sur les deux joues.

— Onze mois, déclare Janine, qui leur montre ses doigts et compte : huit, neuf, dix, onze... le temps de faire pousser une nouvelle vie, leur dit-elle en riant. C'était long !

— Toi, retrouver peut-être mari, *back new life**, réplique Zohra.

Janine comprend-elle ou non le discours de Zohra dans cette langue improvisée ? Toutefois, elle se met à rire. Elle rit de tout, Janine : pour chasser la peur de l'inconnu, ce matin elle rit. Elle rit également pour faire taire les questions qui montent à nouveau en elle sur ce frère qu'elle connaît à peine. « Vous serez bien logés », dit-il, chaque fois qu'il téléphone au Havre pour prendre de leurs nouvelles. « J'ai bien hâte de vous voir. »

Malgré ses craintes, Alexis en est tout ému. Étienne, qui veut les rassurer, répète qu'il s'occupera de tout, qu'il prendra bien soin d'eux, jusqu'à ce que Raphaël puisse les rejoindre. Janine n'ose

---

*   Retrouver une nouvelle vie.

pas lui répondre qu'elle saura retrousser ses manches, se débrouiller. Elle voudrait lui dire qu'elle est une femme *poto-mitan**, pas une poupée de porcelaine.

---

* Pilier central.

9

EN AVION

Sans un regard en arrière, Alexis s'engouffre dans la camionnette qui doit les conduire à l'aéroport. Au volant, madame Green, toujours dévouée, se donnant sans compter. Les yeux embués de larmes, Zohra et Fatou, une réfugiée rwandaise, les regardent partir.

« Maman est une vraie girouette », se dit Alexis, qui constate qu'elle agite encore les mains alors que plus personne ne peut les voir.

Janine se plaint de la chaleur, baisse la vitre pour la remonter presque aussitôt et se plaindre du vent. Pendant ce temps, Alexis tente de se remémorer tout ce qu'il a pu apprendre sur le fonctionnement d'un avion. Dès la confirmation de leur départ, il avait prié madame Green de lui rapporter des livres sur le sujet. Il ne pouvait tout comprendre, mais elle lui avait parlé des différents types d'avions, du mécanisme de succion. C'était très scientifique, très technique. Mais Alexis continuait quand même à penser qu'il existait sûrement une part de miracle dans le fait de pouvoir faire voler un avion.

— Si tu comprends cette technique, discutait madame Green, pourquoi veux-tu encore parler de miracle ?

— Parce que c'est trop parfait et trop beau. C'est comme une fleur ou un arbre, répond-il dans un anglais approximatif. On sait comment ça pousse, mais... c'est quand même un miracle.

— *Oh God !** tu es vraiment spécial, Alex.

Alors que la camionnette s'engage dans Biscayne Road, madame Green lui signale les nouveaux chantiers entourés de palissades, érigés sur un très grand périmètre :

— *You see***, Alex, le nouveau *market**** qu'ils vont faire à cette place. Ils vont

---

* Oh Dieu !
** Tu vois.
*** Marché.

construire un *huge Wal-Mart ! Nice, isn'it ?*
You gonna miss all that*.

Alexis sourit. Il aime l'enthousiasme de madame Green. Toujours prête à s'extasier et à trouver partout une forme de beauté. Il voudrait lui dire que même le plus beau Wal-Mart n'arrivera jamais à rendre Miami belle, surtout pas ce quartier. Il faudrait la débarrasser de la poussière, de tout ce voile orange qui cache le bleu du ciel et le vert des arbres.

Tout à coup, Janine lui touche le bras et lui souffle :

— Allez, Alex, dis au revoir aux gardes du 64, Biscayne Road. J'avais raison, n'est-ce pas, lorsque je te disais de ne pas t'en faire. Nous, on s'en va, tandis qu'eux...

— ... vont demeurer derrière leur comptoir jusqu'à ce qu'ils deviennent tout courbés, ratatinés et édentés ! Et ils sont bien malheureux ! complète Alexis avec un clin d'œil.

« Le voyage ne devrait pas être trop long. Dans trois heures environ, ce sera Montréal. Nouveau pays, nouvelles mœurs, nouveaux visages », pense Janine en longeant le long couloir qui mène à l'avion. « Une chance que madame Green ait pu demeurer avec nous jusqu'à cette étape », se dit-elle. « Que c'est impressionnant ! Alexis a raison, on ne devrait jamais être forcé de quitter son pays. C'est trop compliqué. Je voudrais être loin, loin, à la Ruche, dans mon marché, devant mon étal, parmi mes poules, mon miel et mes œufs... Quand je pense que je vais devoir m'enfermer là-dedans pendant trois longues heures. »

Les mains de Janine tremblent tant l'énervement la gagne. Alexis, de son côté, essaie de garder une certaine sérénité. Mais en vérité, intérieurement, il est tendu comme un arc et fait de grands efforts pour ne pas se laisser envahir par la nervosité de sa mère. Lui, c'est l'accueil, là-bas, au Canada, qui le rend nerveux. Comment sont les gens ? Que va-t-on leur dire ? Et si, une fois de plus, on devait les enfermer dans un autre camp de réfugiés ? Sa mère a beau lui montrer tous les détails des visas, lui expliquer que leur situation n'est plus la même, rien n'y fait.

Une fois installée dans l'avion, une pa-
nique indescriptible s'empare de Janine.
Jusque-là, elle avait fait semblant de ne
pas avoir peur de l'avion, évitant même
d'aborder le sujet. Maintenant, Alexis
détecte ses manifestations d'anxiété. Elle
tire sans cesse sur sa jupe, replace une
épingle dans ses cheveux et fait craquer
bruyamment ses jointures en s'extasiant
sur le confort de l'avion.

— C'est fou, Alex. Je pensais que nous
allions être empilés comme des sardines.
Cela a l'air petit et grand à la fois, un avion,
ça ressemble à un oiseau, tu ne trouves
pas ? Si on dessine des yeux, comme ça,
des deux côtés, une fois là-haut, on peut
réellement se tromper, tu ne penses pas ?

Elle parle, comme une mécanique
déréglée, pour ne pas entendre le ronflement des moteurs. Alexis voudrait
bien lui faire partager les explications de
madame Green sur les avions, mais il est
sûr qu'elle ne parviendrait même pas à
se concentrer pour l'écouter. Il lui prend
les mains. Elles sont moites ; et elle claque
des dents. À son tour, il doit faire semblant que tout va bien. Pour la distraire,
il entreprend de commenter avec elle les

images du petit livre sur Montréal que leur avait fait parvenir Étienne. Comme à son habitude, elle se met à pousser des exclamations de joie tout en tournant rapidement les pages. Elle s'imagine déambulant le long d'avenues éclairées ou encore dans les grands magasins. Elle a surtout, dit-elle, une grande hâte de visiter le Jardin botanique. Alexis lui rappelle que dans les livres, tout paraît toujours plus beau que dans la réalité.

— C'est bien ce qu'aurait dit ton père, répond-elle alors, un peu confuse.

— C'est la vérité, maman. Qui te dit, d'ailleurs, que tu auras le temps de te promener le long des grandes avenues ? Et puis, dans ces magasins, on ne donne pas les objets que l'on voit dans les vitrines, il faut les acheter.

— Tu es devenu vraiment très cynique, Alex, et même impertinent, je dirais.

— Et toi, l'Amérique, ou du moins le peu que tu en connais, t'a déjà tourné la tête. La vie change les gens comme tu aimes si bien le dire ! conclut Alexis sur un ton ironique.

Janine reste bouche bée. Elle a froid tout à coup et sent monter en elle une plainte sourde. «Quelque chose ne va pas», se dit-elle en regardant Alexis. «Tous ces changements brusques depuis près de deux ans me l'ont mis tout de travers.»

Alexis n'est plus cet enfant candide qu'elle consolait de ses peurs et de ses chagrins. Non seulement a-t-il beaucoup grandi et s'est-il développé physiquement, arborant une forte carrure, le front et la démarche de son père, mais sa personnalité surtout a subi de très grandes transformations. Il passe beaucoup trop de temps à réfléchir. Il n'est plus ce garçon à l'humeur primesautière qui faisait ses délices. Ses remarques ne sont que pointes acérées. Il a appris trop de choses au cours de ces deux années, aurait sûrement dit Ma Lena. «Est-il possible que tous ces changements aient agi autant sur son caractère?» se demande Janine, inquiète. «Il aura treize ans dans peu de temps. Dieu de miséricorde, c'est beaucoup trop tôt. Pourquoi donc les enfants doivent-ils si vite nous quitter?»

Se rencognant dans son siège, elle se met à feuilleter nerveusement des magazines, s'agrippant violemment à son siège à chaque mouvement un peu brusque de l'avion. Pendant ce temps, Alexis, tout heureux, se laisse porter par une douce rêverie en contemplant les gros ballots que font les nuages. « Le ciel et les nuages, c'est l'infinie liberté », pense-t-il. Le front collé au hublot, avec délices, il laisse vagabonder son esprit, content de cette beauté que rien ne semble pouvoir lui ravir.

L'hôtesse vient de recommander d'attacher les ceintures. Janine, qui craint sans cesse de ne pas très bien comprendre les consignes, regarde autour d'elle, s'affole, cherchant la sienne, tâtonnant comme une aveugle. Tout en l'aidant, Alexis lui parle :

— C'est toute une dette que nous aurons envers oncle Étienne, maman.

— Ça, mon fils, tu peux bien le dire, répond-elle dans un soupir. Mais il sait que j'aurais fait la même chose pour lui, si cela avait été nécessaire. La famille, c'est fait pour ça, Alex. C'est ce que nos parents nous ont toujours enseigné. Malheureusement, beaucoup trop de gens l'oublient. Ils saisissent la plus petite occasion pour s'éloigner des leurs, les écarter de leur existence. À propos, poursuit Janine, Étienne a encore appelé hier soir, mais tu dormais déjà.

— Qu'est-ce qu'il voulait ?

— Simplement s'assurer que tout allait bien. Il me taquinait parce que je lui expliquais que je n'aimais pas prendre l'avion. « Comment savoir si tu aimes ou non l'avion, puisque tu vas le prendre pour la première fois ? Et puis, cela ne peut pas être pire que le *kanter**, me disait-il. Il ne peut croire que nous soyons sortis sains et saufs de cette aventure en mer. « Tu n'auras qu'à fermer les yeux, dormir un peu et lorsque tu les rouvriras, vous serez à Montréal tous les deux », répétait-il.

— Alors, pourquoi n'as-tu pas dormi ? Cela t'aurait fait du bien. À force de tirer sur ta jupe, tu vas en défaire l'ourlet.

— Tu as une de ces façons de me parler à présent, *panje-lingwa*** que tu es ! Regarde comme tes jambes sont longues. Je crois même que tu es plus grand que

* Bateau de fortune utilisé par les réfugiés haïtiens.
** Escogriffe.

Raphaël. J'ai eu beaucoup de mal à rallonger ce pantalon.

— En ce qui concerne la veste, tu peux dire que tu as tout raté. Je ressemble à un saucisson qu'on aurait trop ficelé!

Au même instant, l'avion se pose sur le sol avec un choc sourd.

10

BONJOUR, MONTRÉAL !

Soulagée de pouvoir enfin quitter l'avion, Janine s'empresse de rejoindre la file des passagers le long d'un immense couloir.

— Ce couloir ne finira donc jamais ? chuchote Alexis.

— Tout ce qui a un commencement a aussi une fin, répond Janine.

Dans la grande salle de l'aéroport, Alexis s'étonne de ne pas voir son oncle. Il a beau tourner de tous les côtés, il n'aperçoit nulle part quelqu'un qui soit gros, grand, bedonnant, et qui pourrait ressembler à oncle Tienne.

— Il avait pourtant promis d'être là, n'est-ce pas ?

— C'est bien ce qu'il m'avait dit au téléphone, hier soir, répond Janine qui se sent lasse tout à coup.

Tous deux commencent à montrer des signes d'inquiétude lorsqu'un agent, vêtu de bleu, leur fait signe. La figure avenante de l'homme ne parvient pas à les rassurer. Alexis semble terrorisé, tandis que Janine sent une vague de chaleur envahir son visage. Le grand hall se vide rapidement. Les derniers passagers disparaissent derrière un panneau vitré, les laissant là, tous les deux, désemparés. L'homme finit par quitter son poste pour venir vers eux. Figés sur place, ils n'esquissent pas un geste. L'homme leur demande alors de montrer leurs passeports. Il leur fait signe de le suivre dans une petite salle.

Alexis encourage sa mère du regard et tous les deux partent à la suite de l'agent. Petit à petit, Janine reprend ses esprits et indique qu'elle attend son frère.

— Il avait promis d'être là, dit-elle, d'une voix brisée.

— Je comprends, madame. Il doit se trouver dans la salle d'attente. On va le faire appeler.

— S'il vous plaît, répond Janine.

L'homme décroche un combiné et compose un numéro. Quelques instants plus tard, on entend, dans un haut-parleur, une voix réclamer la présence d'Étienne Paris dans les bureaux de l'Immigration.

Dans la salle, un mobilier sommaire : une table, des piles de papier, un gobelet plein de stylos. Accrochés au mur, un calendrier et une carte routière.

L'agent d'immigration s'est levé et fait les cent pas dans le couloir, laissant Janine et Alexis à leurs inquiétudes.

« Tout s'est déroulé trop vite et trop bien jusque-là », pense Janine. « Il fallait bien que quelque chose vienne tout gâcher à la dernière minute. C'était trop beau. Et s'il avait changé d'avis ? C'est peut-être ça. Il s'est ravisé, il ne veut plus de nous chez lui. Qu'est-ce que je vais faire à présent ? »

Soudain... des pas, deux silhouettes, celle de l'agent et celle d'Étienne, se profilent derrière la porte vitrée qui s'ouvre au même instant. Un petit cri s'échappe de la gorge de Janine.

— Étienne ! hurle-t-elle presque. Ce que tu as pu me faire peur. Mon Dieu ! je croyais que tu ne viendrais pas.

Alexis s'approche et tend la main à son oncle. Ce dernier l'attire vers lui et l'embrasse longuement. Contre cette poitrine immense, Alexis a l'impression de se tenir devant un mur de briques. On le disait tellement grand, et à présent il se sent vraiment malingre face à son oncle.

« Pourquoi les gens sont-ils si différents de ce qu'on imagine ? » se demande-t-il.

L'agent semble soulagé lui aussi.

— Il fallait avertir vos gens, monsieur Paris. Ils étaient là debout, perdus, comme s'ils avaient vraiment peur de quelque chose.

— Vous avez raison. Je n'ai pas pensé à leur dire qu'ils allaient devoir passer par l'Immigration.

— Est-ce que je peux finalement voir vos passeports, madame ? s'enquiert l'homme sur un ton mi-moqueur, tout en s'installant derrière l'immense bureau.

Janine tend les passeports à l'agent qui tourne nonchalamment les pages et y appose plusieurs tampons. Puis il se met à griffonner sur des papiers de différentes couleurs.

Alexis interroge son oncle du regard. Ce dernier les rassure en leur faisant un clin d'œil complice. Les minutes semblent des heures.

Alexis remarque que sa mère se frotte les mains sur sa jupe. Elle tend le cou en essayant de voir ce que fait l'agent, qui ne semble pas très pressé d'en finir. Il parcourt une liasse de documents empilés devant lui, frappe à nouveau à l'aide d'un tampon, griffonne quelques mots, s'adresse à oncle Tienne qui hoche la tête à quelques reprises. Alexis observe tout cela d'un air ennuyé lorsqu'il voit tout à coup son oncle se tourner vers lui. «Oncle Étienne a les épaules d'un lutteur», pense-t-il. Il n'entend pas ce qui se dit. Il voit seulement bouger les lèvres de l'homme qui le regarde.

— Voilà, fait finalement l'agent, en remettant les passeports à Étienne. Ce n'était qu'une formalité!

Avec un sourire qui découvre des dents si énormes qu'elles semblent à l'étroit dans sa bouche, l'agent s'adresse à Alexis qui ne répond pas. Il ne sait que répondre.

« Que faut-il répondre aux gens qui se croient obligés de parler de toutes sortes de choses inutiles et confondent les enfants avec des perroquets qui n'ont qu'à ouvrir le bec pour en faire sortir des sons ? » se demande-t-il.

Malgré son silence, l'homme poursuit :

— T'es ben grand, n'est-ce pas, pour un garçon de treize ans. Mais t'as besoin de te remplumer, mon gars. T'es maigre en pas possible, t'es maigre comme un clou, c't'affaire ! Avec le temps frette qui va s'en v'nir...

Cette fois, Alexis croit avoir compris, ou plutôt, le fait d'être habitué aux commentaires sur sa taille et sa maigreur lui permet de saisir quelques mots. Comme il ne répond toujours pas, Étienne le regarde d'un air désespéré.

— Qu'est-ce qui te prend tout à coup de faire cette tête ? demande-t-il, sitôt qu'ils s'éloignent après les salutations d'usage.

— Mais... je ne comprenais pas très bien ce qu'il disait, oncle Tienne, seulement des mots par-ci, par-là. Je ne voulais pas répondre n'importe quoi, déclare Alexis, consterné. Je pensais qu'il parlait anglais.

— Comment peux-tu prétendre qu'il parlait anglais ? Tu viens de passer près de deux années aux États-Unis, non ?

— C'est que... bredouille Alexis un peu honteux et confus... c'est que je...

— Ça va, ça va, mon cher, pas besoin de te mettre dans un tel état. Je ne veux pas que tu sois triste en un si beau jour. Cet homme ne parlait pas anglais. Il a simplement un accent que tu ne reconnais pas encore. Tu vas vite t'y faire, tu verras.

Dehors, parents et amis, sourire aux lèvres, sont là pour accueillir des gens qui reviennent, rouges comme des homards, du soleil de la Floride. À grandes enjambées, Étienne se fraye un passage dans la foule, tout en tenant son neveu par les épaules.

— Eh bien, mon petit nègre, il n'y a que les montagnes qui ne peuvent se rencontrer, vois-tu ? lui dit son oncle, qui se penche vers lui. Vous avez fait bon voyage ? Ta mère ne t'a pas donné trop de mal dans l'avion ? Elle disait qu'elle préférait prendre l'autobus. Tu t'imagines ? Trois à quatre jours de route, alors que l'avion, c'est en un battement de paupières !

Étienne pose des questions, n'attend pas les réponses, passe à une autre question, tourne, s'agite, déplaçant de grandes brassées d'air. «Oncle Étienne, c'est un vrai tourbillon», pense Alexis.

Étienne s'empare des valises qu'il porte d'une seule main et se dirige vers la sortie. Janine trottine comme une enfant, tandis qu'Alexis essaie tant bien que mal de suivre le rythme imposé par son oncle. Encore un très long couloir. La voix d'oncle Étienne résonne d'un gros rire gras lorsqu'Alexis lui demande s'il trouve des vêtements à sa taille dans les magasins.

— Bien sûr, mon petit, que j'en trouve. On trouve de tout ici, tu sais, même les escaliers qui nous mènent sans qu'on ait à bouger un seul orteil, dit-il, en posant les valises sur les marches.

— À Miami aussi il y en avait, dans un grand magasin qu'ils appellent Macy's. Maman y est allée, moi, non. Je n'aimais pas sortir.

— Pourquoi pas? Il y a sûrement de très belles choses à voir là-bas. Et puis, il y a le soleil, la mer.

— Je sais. Je suis allé deux fois sur la plage de Malibu. C'est joli. Mais je n'aimais pas Little Haïti.

— Qu'est-ce qui te déplaisait?

— Tout!

— Voyons, tu exagères!

— C'est vraiment triste!

— Je connais Little Haïti, mais je n'avais jamais pensé à cet aspect parce qu'il y a toujours de la musique, beaucoup de gens dans les rues...

— C'est vrai. Mais malgré tout cela, c'est triste. Un nuage gris-orangé semble couvrir en permanence la ville. Les gens, là-bas, disent que c'est à cause de la pollution. Il est si orange, ce nuage, qu'on ne voit ni le bleu du ciel ni le vert des arbres. Tout est gris.

— Je peux jurer que tu vas aimer Montréal, déclare Étienne, en indiquant du doigt l'allée où se trouve la voiture.

— Et toi, Janine, comment trouves-tu Miami?

— Ouf! Ma tête est si lourde maintenant. On en parlera plus tard.

— Allez, maman, insiste Alexis.

— Moi, explique Janine, ce sont les devantures crasseuses des boutiques et des gargotes de la 54e Avenue que j'ai trouvées horribles. Et puis, cette chaleur humide, cette lassitude et la pauvreté donnent l'impression que le temps s'est arrêté à tout jamais.

— C'est bien sur la 54e Avenue que se trouvent les organismes d'aide aux réfugiés?

— Oui. C'est une sorte de quartier général de la communauté haïtienne qui semble avoir emmené dans ses bagages, sous ses semelles, toute cette misère qu'elle voudrait fuir. Tout le long de North Miami Avenue et de la 2e Rue s'alignent des maisons basses aux pastels délavés. À l'intérieur vont et viennent des femmes qui, dans un chuintement continu, traînent leurs savates, comme si l'exil alourdissait leur démarche.

— Et sur les galeries, intervient Alexis, on voit toujours des hommes qui discutent et rient en tapant sur leurs cuisses. Quelquefois, ils jouent aux dominos sur des tables bancales, en sirotant de grands verres de bière. J'ai l'impression que si je devais me promener à nouveau dans vingt ans, dans trente ans, par les rues de Little Haïti, ces mêmes hommes seraient encore aux mêmes tables, assis devant les mêmes verres de bière, à rire de n'importe quoi, à rire dans un nuage de poussière gris-orangé.

— Sans blague! Mais c'est un poète et un philosophe que tu m'amènes là, Janine, s'exclame Étienne. Alexis Jolet: poète, rebelle et contestataire, fils de son père. Comme si un amandier pouvait produire des mangues!

Une forte sympathie lie tout de suite Étienne à Alexis qui se sent réellement soulagé et ravi, tandis que toutes ses craintes s'évanouissent. Épuisée, Janine se laisse aller, essaie de faire le vide et les suit, tel un automate, en se disant qu'Alexis et son frère forment une belle paire de bavards.

— Nous y voilà, annonce Étienne en s'approchant d'une grosse voiture rouge.

— Eh! elle est à toi, cette automobile? s'étonne Alexis, qui tourne autour de la voiture de son oncle et ouvre des yeux pleins d'admiration.

— Bien sûr qu'elle est à moi. Qu'est-ce que tu crois? Mon voisin ne me prêterait sûrement pas la sienne!

— Tu dois avoir beaucoup d'argent?

— Ah, mon cher Alex, tu vas apprendre à voir les choses autrement bientôt. Ici, il n'y a pas que les riches qui peuvent conduire une automobile, du moins, jusqu'à présent. Si tu veux, on en reparlera plus tard. Allez, on y va. Pour l'instant, on rentre à la maison, puis on ira manger quelque part pour fêter votre arrivée. Qu'est-ce que tu aimes manger ? Pourvu que tu ne me demandes pas du cabri boucané. Tu n'es pas difficile, j'espère ?

— Pas du tout. Il n'y a que les saucisses que je n'aime pas.

— Cela tombe bien. Je ne les digère pas.

11

ONCLE TIENNE

Janine a pris place sur le siège arrière, insistant vivement pour qu'Alexis s'assoie aux côtés de son oncle. Les yeux fermés, elle a l'impression de renaître, ou plutôt de voguer hors du temps. «La vie», se dit-elle, «est à la fois ce fossoyeur qui, armé d'une pelle, enterre tout à coup de grands pans de notre existence, mais elle est aussi une source, toujours nouvelle.» En une prière silencieuse, elle remercie le ciel qui, selon elle, a tout arrangé pour le mieux. «Qu'aurais-je fait, seule à Miami sans parents, sans amis, sans papiers? Quel aurait été le sort réservé à mon fils? On ne peut pas lutter avec le ciel», répète-t-elle, tel un leitmotiv. «Ah, non, on ne peut pas.» Bercée par le ronronnement du moteur, elle se trouve plongée dans un demi-sommeil. « Faites qu'il s'en-tende bien avec Étienne, mon Dieu », implore-t-elle. « Pour me laisser le temps de reprendre mes esprits. »

Dehors, il fait beau, un après-midi frais, doux et calme. Miss Jakob affirmait qu'il ne fallait pas trop s'en faire avec l'existence, qui est beaucoup trop courte. « Il ne faut pas traîner éternellement nos savates d'exilés », disait-elle, « mais essayer de prendre racine rapidement. N'empêche, il faut une bonne dose d'héroïsme », prenait-elle soin d'ajouter, « pour changer de pays. C'est comme emprunter les chaussures de quelqu'un qui n'a pas la même pointure que soi, pour s'engager sur une route inconnue. »

« À présent, il fallait que la vie, la vraie vie reprenne ses droits », réfléchissait-elle. « D'abord, se démener pour faire avancer le dossier de Raphaël. Deux années déjà que nous sommes séparés, qui sait dans quel état ils nous l'ont mis ? »

Une ville nouvelle défile sous ses yeux. « Étrangère une fois de plus », se dit-elle. « Je porte désormais mon pays dans mon cœur et toute ma vie passée dans deux minuscules valises. » Ses paupières battent rapidement à cette pensée, elle se met à pleurer, doucement. Une chance qu'Étienne et Alexis sont engagés dans une conversation très animée sur la construction des hautes tours de verre que l'on voit des deux côtés de l'autoroute. Tous deux croient qu'elle s'est endormie. Leur conversation ne lui parvient que par bribes. Une brume vaporeuse et tiède l'enveloppe.

— C'est encore loin chez toi, oncle Tienne ?

— Pas trop loin. C'est ce qu'il y a de bien avec Montréal. C'est à la fois une grande et une petite ville.

— Qu'est-ce que tu veux dire ?

— Eh bien, il y a ici tout ce qu'on trouve dans une grande ville mais sans la folie des grandes villes. Tôt le matin, il y a quelques bouchons. Ceux qui partent des banlieues pour venir travailler vers le centre doivent s'armer de patience. Mais en général, ce n'est pas trop difficile de circuler. Sauf lors des tempêtes de neige.

— C'est comment, une tempête de neige ?

— C'est de la neige qui tombe du ciel, beaucoup de neige.

— Et ça ressemble à quoi ?

— Ça, mon petit, il faudra attendre décembre ou peut-être la fin de novembre pour te faire toi-même une idée. Mon plus grand problème avec la neige, c'est qu'elle tombe et qu'il faut la ramasser. C'est beaucoup de travail. Mais le comble, c'est qu'on ne peut l'utiliser pour quoi que ce soit. La neige, c'est inutile. Certains la trouvent belle.

— Pas toi ?

— Je dirais que cela dépend de mes états d'âme...

— Et cette route, elle mène loin ?

— C'est l'autoroute métropolitaine, l'autoroute qui traverse la ville. Elle peut mener très loin, en effet.

— Une fois sur l'autoroute, on a l'impression que les voitures ne peuvent plus s'arrêter. Ça me fait un peu peur, tu sais...

— Tu as raison. La première fois que j'ai pris le volant dans cette ville, je t'assure, j'étais épouvanté. Je tenais si fort le volant que j'en avais mal aux bras, au dos, partout.

— Elle est faite comment, ta maison ?

— Il n'y a que quatre étages et pas d'ascenseurs. Ça te convient ?

— C'est parfait, répond Alexis qui se tait quelques minutes et recommence avec ses questions :

— Comme ça, tu connais mon père ?

— Et comment que je le connais ! Figure-toi qu'il était mon meilleur ami avant de devenir ton père.

— C'est toi qui lui as présenté maman ?

— Moi ? Non, mon ami. Du temps où ton père venait à la maison, je ne savais pas encore qu'il deviendrait mon beau-frère. À l'époque, je croyais ma petite sœur beaucoup trop jeune pour s'intéresser aux hommes.

Étienne fait silence un court instant, comme pour laisser aux souvenirs le temps de se dissiper, puis il reprend :

— C'est vrai que je n'ai jamais rien compris aux femmes, moi. Je n'ai jamais eu le temps non plus, vois-tu, Boukman*

— Pourquoi m'appelles-tu Boukman ?

---

*   Nègre marron (en fuite). L'un des chefs de la grande révolte des esclaves de 1791 qui a précédé la guerre de l'Indépendance haïtienne de 1804.

— Pourquoi? Pourquoi? Tu oses me demander pourquoi. Tu n'as rien appris de l'histoire de ton pays, à ce que je vois! N'es-tu pas le chef de l'insurrection qui a mené à la libération des captifs de Key West? Si tu étais mon fils, je te renommerais carrément Boukman, mon cher. Je suis sérieux, je ferais une demande en bonne et due forme à l'état civil. N'est-ce pas grâce à toi que les réfugiés ont pu quitter le camp? Si tu n'avais pas été au camp avec eux, ils y seraient sans doute encore à attendre que la liberté leur tombe du ciel. Il faut de la détermination, et des hommes de ton calibre pour faire bouger les choses!

— Comment as-tu appris cette histoire? interroge Alexis, étonné.

— Ta mère m'a tout raconté dans une de ses lettres. Ah, je suis bien fier de toi, Alex. Tout le monde n'a pas la chance d'avoir un neveu courageux comme Alexis Jolet.

Mais je sais que toi, tu as encore beaucoup à me dire sur ce séjour à Key West. Dis, cette fameuse conque, ce coquillage que t'avait donné Ma Lena, tu l'as avec toi?

— Je ne m'en sépare jamais, oncle Étienne.

— Bien! Tu vas me le montrer à la maison. Ah, si tu savais comme je suis heureux que tu sois là, content de te voir, vraiment.

— Tu es vraiment content, oncle Tienne?

— Si je te le dis, il faut me croire. C'est malheureux d'avoir un neveu comme toi et de ne pas l'avoir connu avant. Ta mère ne m'envoyait que quelques rares photos. La dernière doit dater de quatre ans environ. C'est loin.

— Dans ce cas, pourquoi n'étais-tu jamais venu au pays nous rendre visite?

— Ça, mon ami, je dois t'avouer que j'ai bien du mal moi-même à répondre à cette question. Du moins, il y a plusieurs réponses. Mais cela remonte à loin. À la mort de papa Léon. Tu dois connaître cette histoire?

— Quelle histoire? demande Alexis intrigué.

— Celle de la mort de notre père à Janine et à moi, de ton grand-père finalement.

— Non, répond Alexis.

— Pas étonnant que tu n'en saches rien! Il y a de ces événements qui font partie de l'héritage des familles... Nous reprendrons cette conversation une autre fois, promis! Cela demande que je réfléchisse un peu. Mais tu dois savoir une chose : si je ne suis jamais retourné au pays, ce n'est pas par manque d'intérêt ni parce que j'avais tourné le dos à la famille.

— Oui, oncle Tienne.

— Le plus important, c'est d'être là quand la famille a besoin de nous. Je serai toujours là pour toi, mon vieux Boukman, où que tu sois et quoi qu'il arrive.

— Merci, oncle Tienne.

Alexis est ému. Il essaie pourtant de n'en rien laisser paraître. Son oncle fait de son mieux pour le mettre à l'aise :

— J'ai toujours eu envie d'avoir un grand garçon, tu sais, Alex. Un grand, comme toi. Maintenant que je te vois, je sais que j'aurais aimé qu'il te ressemble. Sans doute avec les bras un peu moins longs. Ça, c'est des bras de macaque, vraiment, quelle idée d'avoir les bras aussi longs? Mais, si je devais choisir, il faudrait qu'il ait tes yeux. Enfin... je n'ai jamais eu la patience d'aller jusqu'au bout d'une relation avec une femme. J'ai bien essayé, crois-moi, mais c'est difficile. Je me sauve toujours avant qu'elles ne s'habituent trop à moi. Pourquoi tu me regardes de la sorte?

— Pour rien.

— Ah, tu ne vas pas te mettre à me juger, toi aussi. Je suis ton oncle avant tout, n'est-ce pas?

Alexis, perplexe, continue de se taire, tandis qu'Étienne qui n'avait pas l'habitude d'avoir de la compagnie, surtout des membres de sa famille, était heureux et jacassait de plus belle, étourdissant son neveu.

— Je te parle de choses que tu ne comprends pas encore. Mais, à mon avis, les relations avec les femmes, c'est comme grimper à mains nues une de ces hautes tours; pour ça, il faut une bonne dose de courage. Tu vois, pour moi, c'est ça. Mais c'est un vrai dilemme parce qu'un enfant, on ne peut pas le faire tout seul, tu comprends, c'est comme pour les vaches et les cabris.

De surprise, Alexis lève les sourcils et écarquille les yeux.

— Ah! fait Étienne, ton père, ce rêveur, ce bâtisseur de rêves a fait de toi un vrai petit paysan. Tu ne comprends les choses que lorsqu'on les associe à la nature, aux vaches, aux cabris.

— C'est vrai. Je sais tout des bêtes, oncle Tienne. Je sais même reconnaître lorsqu'elles sont malades, et je sais comment les soigner.

— Nous y voilà, annonce finalement Étienne qui arrête brusquement la voiture en faisant crisser les pneus.

12

L'UNIVERS D'ONCLE TIENNE

— Tu es chez toi, ici, ma chère sœur, annonce Étienne, en ouvrant la portière. Tu vois, dans cet immeuble, je connais tous les gens. J'ai déjà averti le concierge de votre arrivée. Il a un drôle de nom, le concierge, il s'appelle monsieur Cauchon. Avec « a-u », précise-t-il, toujours. Je vous avertis à l'avance au cas où il téléphonerait en mon absence, vous saurez qu'il ne s'agit pas d'un plaisantin. Surtout, n'oubliez pas : c'est monsieur Rosaire Cauchon.

— Il y a longtemps que tu habites ici ? demande Janine en descendant de voiture.

— En fait, il y a deux semaines seulement que j'ai emménagé dans cet immeuble. Auparavant, j'habitais juste à côté. Je vis dans cette rue depuis douze ans.

— Et pourquoi as-tu changé d'immeuble ?

— L'appartement était trop petit. Il n'y avait qu'une chambre à coucher. J'ai changé pour plus grand. Il faut bien que vous vous sentiez à l'aise.

— Oh, Tienne, il ne fallait pas, proteste vivement Janine. Cela doit coûter beaucoup d'argent, s'inquiète-t-elle, en fronçant les sourcils.

— Petite comme tu es, tu peux bien te blottir dans un tiroir pour dormir, mais, ton *panje-lingwa*, il lui faut de la place pour ses longues jambes ! Si on compte l'espace qu'occupent déjà les miennes, j'ai pris la meilleure décision.

Alexis va de surprise en surprise avec cet oncle qu'il rencontre pour la première fois. Il se dit qu'il ne s'ennuiera pas une seule minute avec lui. Il se sent cependant envahi par un sentiment étrange, une peur idiote, qu'il ne sait trop comment gérer puisqu'il se la reproche en même temps : la crainte que son oncle n'essaie de remplacer complètement son père. «Personne, non, personne», se répète-t-il, «ne prendra la place de mon père.» À Miami, il réagissait déjà de la même manière, c'est ce qui expliquait son attitude renfermée sitôt que quelqu'un l'approchait et essayait de gagner son amitié : l'image de Raphaël, son sourire, s'interposait, se dressait devant lui.

Étienne a tout prévu. La chambre est immense, comparée à celle qu'ils occupaient à Miami. Généreux, il leur avait bien sûr laissé la plus grande, prenant soin d'installer un paravent, afin de ménager un espace réservé spécialement à son neveu.

— Mais c'est une chambre arc-en-ciel, s'exclame Alexis lorsqu'il y pénètre, précédé de son oncle.

— Il faut mettre des couleurs, mon ami, pour chasser la grisaille des mois d'hiver.

— Eh bien là, il y en a, oncle Tienne, déclare Alexis, qui découvre avec beaucoup d'étonnement l'agencement de couleurs imaginé par son oncle.

Sur une étagère modulaire qui occupe, d'un côté, tout un pan du mur, il y a deux grands vases de céramique d'où émergent des fleurs artificielles, rose fluorescent et jaune serin. Les couvre-lits sont bleu ciel, le rideau est taillé dans une dentelle vert pomme.

— J'espère qu'elle te plaît et que tu y seras heureux, mon vieux !

Il prend son neveu par les épaules et lui montre, en retrait derrière le paravent, un pupitre sur lequel l'attendent des dictionnaires et une collection de livres Bescherelle, un recueil de verbes, un dictionnaire de synonymes, *Les difficultés de la langue française* et une pile d'autres livres de toutes sortes.

— Tout ça, c'est à toi, lui dit Étienne. J'ai appris par ta mère qu'il y a déjà deux années que tu n'as pas ouvert un livre, et pourtant elle disait toujours que tu adorais l'école.

— J'aime encore l'école, s'exclame Alexis, un peu surpris. Ce n'est quand même pas de ma faute si je n'ai pas pu y aller pendant deux années.

— Voilà ce que j'attendais ! Tu y es déjà inscrit, mon cher. Excuse-moi si je m'y prends de façon maladroite, parfois, mais aujourd'hui, il y a tellement de décrochage scolaire !

— Qu'est-ce que c'est ?

— C'est quand les jeunes décident que l'école, pour eux, c'est fini. Ils refusent carrément d'y aller, plantent là livres et cahiers, et oublient jusqu'au chemin qui y conduit.

— Ce n'est pas moi qui ai quitté l'école. J'ai été décroché par la force, je crois.

— Bon! je comprends! Je ferai de mon mieux pour t'aider.

Tout en parlant, Étienne leur fait faire le tour de l'appartement. Dans sa chambre, le lit, immense, occupe presque tout l'espace. Le sol est jonché de livres et de revues. Le placard, ouvert, déborde de vêtements, accrochés à la va-vite et les tiroirs, ouverts également, sont sens dessus dessous.

— Qu'est-ce que c'est que ce débarras? Un ouragan est passé dans ta chambre? demande Janine en riant.

— La chambre d'un vieux célibataire, répond Étienne en fermant la porte.

— Demain, je vais arranger tout ça, déclare Janine.

— Si tu veux relever le défi, bonne chance, répond Étienne. La télévision, c'est pas mon fort, poursuit-il, une fois au salon. Il m'arrive de passer des semaines sans la mettre en marche et je n'ai pas le câble.

— Je ne raffole pas de la télévision, moi non plus, répond Alexis. Je sais que maman commençait à imiter certaines personnes là-bas, à regarder les télé-romans où on voit des femmes belles comme des poupées, toujours habillées et maquillées comme pour aller au bal, ajoute-t-il, moqueur.

— Ça suffit, Alexis! J'en ai assez de tes remarques! Est-ce qu'il y a une chose que ta mère fait et que tu approuves? intervient Janine, lui coupant sèchement la parole. Il m'arrive de me demander si je suis réellement ta mère ou bien si toi, tu es mon père! Tu crois peut-être qu'à cause de ta taille démesurée, tu peux tout te permettre...

— Voyons, intervient Étienne. Vous êtes fatigués tous les deux! On finit de faire le tour, on va manger, puis un bon repos pour tout le monde.

Alexis se laisse tomber sur un des sofas, tandis que Janine se dirige vers le cabinet de toilette.

— Allez, Boukman, lui dit son oncle en s'asseyant près de lui. Il faut ménager ta mère. Elle m'a expliqué dans une de ses lettres que, sans le dire ouvertement, tu la rends responsable de tout ce qui vous est arrivé depuis deux ans. Tu lui adresses sans cesse des critiques, à ce qu'il paraît. Je ne veux pas te faire de reproches, mais ta mère est très courageuse. Quand je pense à votre aventure, je me demande si j'aurais pu faire preuve d'un tel courage.

Alexis baisse la tête.

— Ça va. Tu seras un homme bientôt. Il faut apprendre à bien traiter les femmes, poursuit Étienne, qui fait résonner son rire dans l'appartement.

Côte à côte sur le sofa, ils se sentent bien tous les deux. Une sorte de complicité s'installe.

— Là, sur la table basse, c'est le magnétoscope, montre Étienne. Tu aimes le cinéma, j'espère ?

— Oui.

— Moi aussi. Lorsque je m'ennuie, je vais louer un film pour la soirée. J'ai beaucoup de disques aussi. Je ne peux pas vivre sans musique. Auparavant, je jouais du saxophone.

— Vraiment ?

— Mais oui. Pendant longtemps j'en ai joué. Au lycée*, je faisais partie de la fanfare. Comme tu vois, il y a longtemps. Et toi, tu joues d'un instrument ?

— Moi, je préfère jouer au foot.

— Tope là ! dit Étienne, qui lui tend la main. Tu sais, Montréal, c'est quand même une grande ville, il y a des tas de choses à faire. Et on peut y pratiquer beaucoup de sports. Il doit sûrement y avoir une très bonne équipe de football dans cette école où je t'ai inscrit. Mais ici, ils disent plutôt «soccer». Tu ne peux pas avoir la chance d'être un grand escogriffe seulement pour traîner partout tes longues jambes. Elles te seront utiles pour le sport.

— J'aimerais beaucoup jouer au football. Je suis un très bon gardien, tu sais. L'école est près d'ici ?

— Quinze minutes de marche environ.

Alexis paraît réfléchir. Étienne le contemple. Il découvre sur le visage de son neveu les traits de son propre père, Léon Paris. «La démarche, le caractère, c'est Raphaël», se dit-il. «Mais les traits

---

*   Équivalent de l'école secondaire au Québec.

du visage, la voix, c'est papa.» Plongé dans le passé, il revoit son père, courbé dans les champs, à la Ruche. Telle une marée, les souvenirs l'entraînent. Il se sent à la fois confus et ému.

— Oncle Tienne?

La voix d'Alexis le surprend. Il sursaute légèrement.

— Tu crois que je pourrai m'adapter à l'école, comprendre ce qu'on me demande?

— Je te fais confiance, fiston. Passé les trois premiers mois, tout devrait bien aller. Ils vont sûrement faire une évaluation pour déterminer tes faiblesses. Peut-être devras-tu reprendre une année, je ne sais trop. S'il le faut, j'essaierai de trouver un professeur pour t'aider au début, pour rattraper le temps perdu, promet Étienne.

— Oncle Tienne?

— Qu'est-ce qui se passe, mon garçon?

— Merci pour tout.

— Ça va, ça va, Alex.

Étienne se lève pour dissiper l'émotion qui les étreint tous les deux.

— Maman dit que tu travailles dans le métro?

— C'est bien cela.

— J'aimerais bien voir le métro.

— Aucun problème, mon vieux. Mais, pour le moment, on va chercher quelque chose à manger. Les sacs vides ne tiennent pas debout, n'est-ce pas ? Pour le métro, dès demain, je t'y emmène. Nous irons également à la piscine. J'ai pris une semaine de congé pour pouvoir vous installer.

— Tu n'aurais pas dû. On se serait quand même débrouillés, maman et moi. Tu ne seras pas payé à cause de cela ?

— Ta, ta, ta... le poète connaît aussi la valeur de l'argent, je vois. Ne t'en fais pas, mon ami ! Ce sont des vacances payées. Ici, c'est pas comme avec les grands dons, là-bas. Ceux qui m'emploient savent que, même lorsque je suis en congé, il me faut manger et payer les factures.

Janine, émue, les regarde aller et venir dans la pièce, tous les deux, grands comme des lampadaires. « Il ne manque que mon pauvre Raphaël », se dit-elle, attristée.

Cette nuit-là, dans l'appartement 305 du 5428, rue Pontbriand, trois paires d'yeux fixent le plafond. Lorsque la fatigue se mêle à l'émotion, cela donne des insomnies. Dans le silence de cette première nuit montréalaise, Janine se demande si l'hiver sera bientôt là. En cette fin d'août, il fait déjà frisquet.

Alexis, qui a gardé l'habitude de tenir son journal, ne peut s'empêcher, quant à lui, de s'installer à ce pupitre si soigneusement préparé par son oncle. Dans l'un de ses cahiers, il écrit : *Mon cœur ne connaît pas le sens du mot « repos ». Il bat sans cesse, se cabre, se rebelle... Il espère le retour de mon père, se rebelle contre la patience et la naïveté de ma mère, se cabre pour se protéger de l'affection d'oncle Tienne. Que faire ? L'école avant tout. C'est une priorité. Mais, une fois de plus, j'ai peur. C'est encore l'inconnu qui se dresse devant moi, malgré cette chance inouïe dont parle maman. Oncle Étienne affirme qu'avec un peu d'effort, tout devrait bien aller à l'école. J'espère qu'il dit vrai. Une chose est certaine, mon oncle est vraiment spécial ! Il est terriblement drôle. Aurait-il été le même avec une femme et des enfants ?*

13

LES TOURMENTS DE JANINE

La première fois où, en compagnie de son frère, Janine s'était rendue à l'école d'Alexis, à une rencontre des parents, son cœur n'avait fait qu'un bond lorsqu'elle avait appris le nombre élevé d'élèves qui s'y retrouvaient quotidiennement.

— Mille six cents élèves, madame, avait laissé tomber le professeur titulaire.

— Quoi? Mais c'est une ville entière, s'était écriée Janine, malgré elle. On pouvait compter le même nombre de personnes dans notre village. Dieu de miséricorde, Alex va se perdre dans cette foule!

— Soyez sans crainte, madame, lui avait alors répondu le professeur. Alexis semble bien disposé. On sent tout de suite quand on lui parle qu'il a beaucoup de maturité. Tout ira bien, j'en suis persuadé. Il pourra rapidement rattraper ses retards, je crois. Il travaille beaucoup. D'ailleurs, à la première étape, comme vous le voyez, le plus grand problème demeure les maths... le reste n'est pas si terrible.

En quittant l'école, Étienne la rassure à nouveau.

— C'est l'âge idéal, Janine, pour qu'une personne s'insère dans un nouveau système. Alexis semble bien imprégné de sa propre culture, il sait l'apprécier et il a quand même un esprit très critique. Donc, il n'a pas de problèmes d'identité. C'est un grand point.

— Mais il a vécu des moments si difficiles. Je crains parfois que tout cela ne resurgisse à un moment ou à un autre, qu'il ne tombe malade, je ne sais pas...

— Justement. Il a vécu des moments très difficiles, il sait parfaitement pourquoi il a dû quitter son pays. Il comprend aussi tout ce qui se passe là-bas, il appréciera la stabilité et le cadre scolaire, ici, ce qui facilitera son adaptation.

Plus de six mois se sont écoulés depuis leur arrivée. Les prévisions d'Étienne s'avèrent justes. À l'école, Alexis travaille pour deux, mais il semble si content. Il a fait des progrès en mathématiques, mais en anglais, il s'exprime comme une « vache espagnole », a dit le professeur lors de la troisième rencontre. Malgré ses lacunes, les choses s'annoncent bien. Emmanuel Ratelle, un élève de la classe supérieure, s'est offert pour travailler avec lui, après le dîner, chaque jour. Une sorte de tutorat. Pour le français et l'anglais, Sara Blanchot l'aide dans ses devoirs.

— Mais elle est autoritaire, raconte Alexis à son oncle. Elle se prend réellement pour un prof.

— Elle te tape sur les doigts ?

— Non.

— Est-ce qu'elle connaît bien la matière ?

— Oui... je crois.

— Alors, de quoi te plains-tu ?

— De rien... juste que...

— Tu n'aimes pas te faire commander par une fille, c'est ça ? fait Étienne avec son éclat de rire habituel. Eh bien, mon cher Boukman, il faudra t'y habituer. On n'a plus les femmes qu'on avait. Mais..., dis-moi, est-ce qu'elle est jolie, cette Sara? Comment est-elle?

— Elle a les yeux comme une chinoise, les cheveux coupés comme un garçon. Elle porte toujours un pantalon et joue au soccer mieux qu'un garçon, et elle lance des jurons terribles lorsqu'elle rate une passe.

— Voilà, elle ne se laisse pas intimider... Je suis sûr qu'elle a du caractère. C'est formidable! Tu devrais l'inviter un jour, Boukman. On pourra louer des films et faire avec elle une partie de bésigue*. On la battra sûrement!

— Je n'en suis pas si sûr...

— Pourquoi?

— Elle est très forte en tout. Et elle est mauvaise perdante, je t'assure. Lorsqu'on la bat au jeu, elle jure en créole.

— Ah oui, elle parle créole?

— Assez bien. Cependant, elle a un accent étrange. Elle est née ici, ses parents sont Haïtiens.

— C'est tout un numéro, cette Sara.

— Tu peux le dire.

---

* Jeu de cartes ancien.

— Tu dis qu'elle est née ici ? intervient Janine, une note d'inquiétude dans la voix. Il faut quand même être prudent, Alex. Les enfants qui grandissent ici sont très dégourdis. Fais bien attention qu'elle ne t'entraîne dans de mauvaises choses, des choses folles, mon garçon.

— Pourquoi dis-tu ça ? Tu ne la connais même pas. Sara a toujours de très bonnes idées et elle travaille bien en classe.

— C'est là le principal, tranche Étienne. Et elle doit être généreuse également puisqu'elle accepte de t'aider.

Étienne a tenu parole. Alexis et Janine ne paraissent manquer de rien. Les jours filent, une petite vie en apparence tranquille semble s'être organisée. Janine cuisine beaucoup pour le plus grand plaisir de son frère qui semblait ne se nourrir que de pâtes et d'aliments surgelés. Malgré les réticences d'Alexis, Étienne a su gagner sa confiance et ils sont devenus de grands amis, passant souvent les soirées du week-end à jouer aux cartes et aux dominos.

Peu à peu, cependant, Janine commence à s'enliser dans une mélancolie insupportable. «On a beau enseigner à quelqu'un à marcher, lui fournir des chaussures même, s'il le faut, mais on ne peut pas marcher à sa place», se répétait-elle, en essayant d'élaborer ce qu'elle appelle un plan d'attaque. «Par où commencer, par où commencer?» s'interroge-t-elle. «Le problème est qu'Étienne se montre trop protecteur. Il voit tout, contrôle tout. Je ne pourrai pas m'en remettre à lui éternellement, rester là toute ma vie à ne rien faire. Je dois le lui faire comprendre. Alex est si absorbé par ses études, je ne veux pas le déranger avec mes problèmes.»

Avril tire presque à sa fin, un petit vent frisquet souffle en permanence. Par la fenêtre, on voit le grand parc Jarry et ses arbres dénudés. «L'hiver n'a pas été trop long cette année», clame Étienne. Janine n'en dit pas autant. Affaiblie par toutes les émotions des dernières années, ce baptême hivernal lui a apporté une toux sévère qui refuse de lâcher prise, accompagnée de maux de tête lancinants. S'ajoutent à cela les difficultés rencontrées à propos de Raphaël, dont le dossier piétine. Elle doit faire des efforts constants pour rester confiante.

Les dernières nouvelles envoyées par miss Jakob parlent d'une Commission d'enquête internationale qui se rendrait à Port-au-Prince pour une tournée dans les différentes prisons. Il arrive parfois à Janine de perdre tout espoir, d'aborder ces rives aux eaux glauques, noirâtres, dans lesquelles son âme entière se noie.

Dieu merci, cela ne dure qu'un moment, le temps de retrouver la vie dans le sourire et les yeux d'Alexis, son seul espoir, se dit-elle souvent... en pensant qu'elle ne reverra sans doute jamais son mari.

En proie à une grande tristesse, elle passe beaucoup de temps à la maison. Elle se tient souvent le front pressé contre la vitre, et regarde fixement dehors... comme si elle s'attendait à voir quelqu'un déboucher dans les allées du parc. C'est là qu'elle guette tous les après-midi le retour de son fils. Elle est si heureuse lorsqu'elle le voit arriver, le cartable sur les épaules, ses longues jambes pareilles à des échasses mues par un ressort... Elle sourit et va dans la cuisine lui préparer un goûter, qu'il dévore comme un ogre. «Il a repris de l'appétit, Alex. Et son visage même se remplit», constate Janine. «C'est vrai, cette ville est sympathique et tranquille. Elle n'est pas fausse comme Miami. Alex a bien raison, Miami est horrible. On dirait un vaste camp, décoré d'affiches criardes et de mauvais goût, le tout illuminé de néons. Les gens sont grossiers et grotesques. Aucune finesse. Ici, même si on ne voit pas toujours le soleil, c'est moins gris.»

Cependant, Montréal lui plairait encore plus si Raphaël était là et s'il faisait un peu moins froid.

C'est vendredi. Tôt dans l'après-midi, emmitouflée dans une grande capeline que lui a rapportée son frère, Janine se promène longtemps dans le parc situé juste en face de l'école d'Alexis. Elle va à sa rencontre pour prendre le temps de discuter un peu avec lui de ce qui la préoccupe : un plan pour commencer des démarches afin de trouver du travail.

«C'est fou», se dit-elle, «ici, je me sens comme une handicapée. Les gestes les plus simples, je ne sais plus comment les faire. Que tout cela est compliqué! Maintenant qu'Alexis a acquis une certaine stabilité, il va falloir que je pense à ce que, moi, je vais faire.»

Elle espérait qu'Étienne la guiderait; mais ce frère, longtemps privé d'une famille, semble s'être habitué à sa présence rassurante. La vie suit son cours. Tous les matins, il part vers son travail en s'assurant qu'il ne manque rien à la maison. Il revient le soir, rapporte quelques provisions, parfois un petit cadeau pour son neveu ou pour sa sœur, s'exclame sur les talents de cuisinière de Janine, bavarde joyeusement avec Alexis. Puis il passe de longues heures à lire et, dès neuf heures trente, il s'endort, fatigué.

«Je ne peux pas compter sur Étienne. Un frère ne peut remplacer un mari, un oncle n'est pas un père, on a beau dire. Est-ce qu'il pense se bâtir une famille avec nous? Il faut que j'en parle aujourd'hui même à Alex. Je sens que d'une part, en nous gâtant ainsi, Étienne cherche une façon de se racheter pour avoir ainsi tourné le dos à tout le monde là-bas, de n'avoir jamais fait un effort pour venir nous revoir, quoi qu'il en dise.

Je me suis toujours demandé s'il ne nourrissait pas en secret une sorte de dégoût pour cette famille qui lui avait volé une trop grande partie de sa jeunesse. »

Aîné de la famille, à la mort de leur père décédé au cours d'un conflit terrien d'une rare violence, Étienne avait dû quitter l'école et s'échiner à travailler comme un forçat dans une fabrique de chaussures, pour aider la famille. À l'école, il était brillant et rêvait de devenir agronome. Après trois années passées dans ce bagne – comme il qualifiait l'entreprise où l'on ne respectait pas même l'heure des repas –, il s'était enfui en passant par la République Dominicaine. Pendant trois longues années, personne ne sut ce qu'il était devenu. Puis, un jour, ils avaient reçu une longue lettre... Mais c'était trop tard. La mère avait compté les jours, les mois, puis les années, espérant son retour. Une mauvaise fièvre, mais surtout le chagrin, l'avait emportée. Elle n'avait pas pu supporter cet abandon de la part de son fils.

« Il y a tant de choses à expliquer à Alex », pensait Janine, qui attendait toujours qu'il soit plus grand. Mais au fonds, elle faisait comme tout le monde. Les secrets de famille, on repousse toujours le temps de les révéler.

Janine s'est rapprochée de la sortie des élèves, de manière à apercevoir Alexis dès qu'il pousserait la porte.

«Il va être content», songe-t-elle. «Il me reproche si souvent de ne pas m'activer. D'après lui, j'aurais déjà dû me trouver du travail. Il tient cette impatience de son père. Je ne pourrai pas le changer.»

La porte s'ouvre sous une violente poussée, comme mue par un grand vent. Une nuée de garçons et de filles envahit le trottoir et tout l'espace gazonné devant l'école. Ça siffle, ça hurle, ça se tiraille, ça s'interpelle, ça porte des talons comme des échasses, les garçons ont des pantalons qui ont l'air de sacs pour transporter le café et les filles ont deux tubes à la place des jambes. «Quelle faune!» se dit Janine en les regardant, l'air mi-hébété, mi-amusé. «Et ces coiffures, mon Dieu! C'est le carnaval. Autre pays, autres mœurs. Espérons qu'Alex ne me revienne pas bientôt avec ce genre de piquants ou de tresses multicolores sur la tête.»

Janine se tient un peu en retrait, tout en essayant de ne pas perdre de vue la sortie. Le voilà ! Son cœur bat la chamade lorsqu'elle voit avancer son grand écha- las. « De loin, on dirait Raphaël. Pauvre Raphaël, il doit avoir le dos voûté main- tenant. » Mais Alexis ne lui laisse pas le temps de s'attendrir. Il se jette sur elle et l'entoure de ses longs bras.

— Qu'est-ce que tu fais là ? Tu viens t'inscrire à l'école, toi aussi ? Alors il va falloir t'acheter des chaussures comme celles-là. Les filles disent qu'elles n'ont pas le choix de les porter. C'est ce qui est à la mode !

Il lui montre les pieds d'une brunette qui se tient juste à côté de lui.

— T'as fait le chemin jusqu'ici ? T'as pris l'autobus ? Non, t'as marché ? Pas possible !

Il est heureux et ne le cache pas. Il s'inquiète pour elle, puisque, depuis leur arrivée, Janine ne sort presque pas. Alexis et sa mère ont souvent les réflexes de ceux qui ont vécu une très grande insécurité. Chaque matin, au réveil, le premier geste de Janine est de regarder dans le lit de son fils, pour s'assurer qu'il y est encore. Elle ne se sent soulagée que lorsqu'il ouvre les yeux. « Qui sait ? » se dit-elle, « la vie est si cruelle parfois. »

Quant à Alexis, le doute l'assaille chaque fois qu'il rentre de l'école. Il ne sait jamais s'il retrouvera Janine. Il appuie parfois sur le bouton de la sonnette comme s'il avait peur qu'elle ne soit pas là, qu'elle soit repartie... quelque part, sans le prévenir.

— Sara, Chloé, Aïsha, Julien, Malik, Emmanuel, je vous présente ma mère, dit Alexis en désignant un groupe de jeunes un peu plus loin.

— B'jour, mame, marmonne celui qu'il a désigné comme Julien.

— Salut, fait Chloé qui tend la main.

— Eh bien, je suis contente de vous rencontrer, dit gauchement Janine, qui se sent observée.

— Alexis a été choisi à l'unanimité ce matin comme le capitaine de notre équipe de soccer, annonce Malik.

— Hourra ! fait Sara en esquissant quelques pas de danse.

— Est-ce qu'il s'agit de ce sport où de grandes perches mettent un ballon dans un panier? interroge Janine. Cela me semble facile.

— Wow! elle est vraiment cool, ta mère, Alex! déclare Sara.

— Allez, maman, intervient Alexis, légèrement impatient. Tu ne connais pas grand-chose aux sports. Le soccer, c'est la même chose que le football.

— Eh bien, dit Janine, me voilà bien contente pour toi, Alex.

— Bon, déclare Sara, qui semble être la meneuse du groupe. Il faut bouger. Allons-y, les gars, si on veut discuter de notre projet!

Janine lève un regard inquiet vers son fils.

— Mes amis et moi, nous avons quelque chose à faire. Je dois y aller, maman.

— Mais... je suis venue te chercher, Alex. Il faut que je te parle.

— Pas maintenant. Je dois discuter avec les copains d'un projet.

— Discuter de quoi? s'entête Janine. Pour la première fois, je viens te chercher à l'école et...

— Je ne savais pas que tu venais.

— Je voulais te faire une surprise. On pourrait...

— Je ne peux pas, maman, tranche Alexis. Je rentre tout de suite après à la maison et je te promets que je vais te mettre au courant. Je serai là avant six heures.

Sans plus tarder, Alexis lui tourne le dos et s'en va au milieu de la bande. Sara et Chloé se retournent et lui font un petit signe de la main.

— Au revoir, madame, dit Malik, qui a l'air d'un petit page, avec sa chéchia* sur la tête.

Janine ne comprend pas ce qui lui arrive. La tête lui tourne, comme chaque fois qu'elle est sous le coup d'une grande émotion. Elle s'enfuit à petits pas rapides en direction du parc et se met à marcher sans but, passant d'une allée à l'autre. « Cela m'éclaircira les idées », se dit-elle. « Qu'est-ce que c'est que cette affaire ? Ces gamins ont l'air si dégourdis. On dirait des adultes dans des corps d'enfants. Est-ce que j'ai déjà perdu mon fils ? C'est vrai qu'il semble épanoui, heureux.

*   Chapeau en forme de calotte.

Étienne a raison. Mais... et cette Sara qui a l'air si autoritaire et qui le dévore des yeux. Elle a déjà tout à fait l'air d'une femme, avec tout ce bleu qui lui recouvre les paupières. Elle semble beaucoup plus forte que mon Alex. Pourquoi le regarde-t-elle ainsi? Mon Dieu, viens à mon secours!» se dit Janine, désarçonnée.

Elle se retourne et examine à nouveau le bâtiment de l'école sans mot dire. Puis elle reprend le chemin de la maison. En passant devant une voiture stationnée, elle aperçoit deux jeunes, sans doute de l'âge d'Alexis, qui, sans gêne aucune, s'embrassent, se dévorent littéralement. L'espace d'un cillement, elle voit tout s'effondrer autour d'elle, comme un vase qui lui glisserait des mains et s'éparpillerait à ses pieds en mille éclats.

14

QUI EST SARA BLANCHOT ?

L'arrivée d'un nouveau dans une école de mille deux cents élèves passe souvent inaperçue. Mais ce n'était pas le cas d'Alexis, accueilli chaleureusement à l'école Saint-Michel par les élèves du groupe 203, et surtout par Sara Blanchot. Pour le groupe en général, Alexis représentait une énigme. Sara, elle, n'arrivait pas à comprendre comment Alexis pouvait tant lui ressembler et parler un langage qui lui était si étranger. Alexis, quant à lui, était stupéfait de l'ignorance dont faisait preuve sa nouvelle amie en tout ce qui concernait Haïti. Sans cesse Sara le questionnait, voulait savoir si les militaires étaient des gens comme les autres, s'ils se ressemblaient.

— D'une certaine façon, oui, disait Alexis. Ils se ressemblent tous, au-dedans comme au-dehors. Pas parce qu'ils portent tous le même uniforme ou ces vilaines lunettes noires pour cacher ce qu'il y a de mauvais dans leur regard... Ils se ressemblent tous parce qu'un militaire armé de son fusil n'est plus un homme, mais une machine prête à te tirer dessus.

— Une armée devrait avoir comme tâche principale de protéger les gens, non de les brutaliser, avançait Sara. Moi, ça me révolte !

Sara tentait de percer le mystère d'un tableau étrange. Alexis lui avait confié son journal, commencé lors de son séjour au camp de Key West. Elle avait passé une nuit entière à le lire et à pleurer. Depuis lors, elle s'était rapprochée encore plus d'Alexis. Elle avait fait siennes ses angoisses et ses préoccupations quant au sort de son père. Sans cesse, elle posait des questions, voulait savoir si la Croix-Rouge ou miss Jakob avait écrit.

— Je déteste ce pays qui t'a trop fait souffrir, disait-elle. Et sa voix tremblait.

— Ce n'est pas le pays, plaidait Alexis, c'est le gouvernement, ce petit groupe de vautours, comme les appelle papa. Moi, j'adore Haïti. Et si un jour tu décides d'y aller faire un tour, tu verras : tes perceptions changeront. Malgré toi, tu te mettras à l'aimer, parce qu'un pays, ce n'est pas que des rues et des maisons. Un pays a un corps, c'est un lieu physique, mais il a également une âme. C'est la même chose pour les villes. Aucune ville n'est semblable, aucune ville ne respire de la même façon.

Souvent, au cours des longues conversations qu'il avait avec Sara, on aurait dit qu'Alexis s'envolait, qu'il partait, loin de tout ; et il se mettait tout à coup à parler, comme dans un songe, comme pour lui seul :

— Tu ne sais pas ce que c'est que de vivre loin de ton pays. Tu es née ici, toi. Tu as toujours vu ces paysages, tu n'as jamais quitté ta maison, tes amis, ceux que tu aimes. Et puis, Haïti est si belle. On l'aime dès qu'on pose le regard sur elle.

Il trouvait sans cesse des mots nouveaux pour décrire les rivières, les montagnes qui ne finissent jamais, la vie à la campagne, Ma Lena et ses chèvres.

— Je ne pourrai jamais aimer Haïti, rétorquait Sara. Toute cette beauté que tu décris est incompatible avec la violence et cette misère qui y règne. C'est une île maudite.

— Ce n'est pas vrai! proteste Alexis.

— C'est l'opinion de maman.

— Ta mère dit ça parce qu'elle est déçue d'Haïti et qu'elle a honte de voir son pays dans cet état. Alors, cette honte se transforme en rejet. Mais au fond d'elle-même, je suis sûr qu'elle ne pense pas vraiment ce qu'elle dit...

— Tu en sais des choses, toi! répond Sara, intriguée.

— Oncle Étienne m'a expliqué tout cela.

— Celui qui t'a surnommé Boukman?

— Oui. Haïti n'est pas maudite, elle est malheureuse, mal aimée, c'est tout.

— Est-ce que c'est le pays qui te manque ou bien ta grand-mère et ton père?

— Tout me manque. Tout. Les bruits du pays, les odeurs aussi, tout comme me manquent ma grand-mère, mon père et même mon chien. Il m'arrive de me réveiller la nuit et d'entendre le chant de mes tourterelles ou encore des ramiers dans les bois. Pas loin de mon village, il y a une rivière aux eaux tumultueuses, on l'appelle Mousseline. Et dans un autre village, on organise des combats de coqs. Ce village s'appelle Kalinda. Tu vois comment les villages ont de beaux noms; comme des noms de personnes. Kalinda est entouré de palmiers, si hauts qu'on dirait qu'ils griffent le ciel.

Sara Blanchot connaissait bien peu de choses, pour ne pas dire presque rien, de ce pays d'où étaient partis ses parents. Son père avait dû fuir, après une grève d'étudiants qui avait mal tourné. Ses parents s'étaient connus à Montréal. Pour Sara, cette île symbolisait toutes les peurs que lui avait inculquées sa mère, Marie-Claire Blanchot, une femme bourrée de préjugés. Alexis s'en rendit compte au premier coup d'œil, un jour où il avait raccompagné Sara chez elle. Madame Blanchot l'avait regardé des pieds à la tête, sans même daigner répondre à son salut. Un peu plus tard, elle s'était enquise de la profession de son père et de sa mère, et n'avait pu réprimer une moue de dégoût lorsqu'Alexis lui avait expliqué que son père était un leader paysan et que sa mère vendait du miel, des œufs et de la limonade au marché de la Ruche, leur village, avant leur départ.

C'est d'elle que Sara tenait toutes ses idées sur Haïti, qui n'étaient rien d'autre que vaudou, magie, carnaval, farniente et ignorance sans bornes d'un peuple d'analphabètes. Madame Blanchot vivait dans une sorte de nostalgie d'une caste à laquelle elle avait appartenu avant le départ précipité de ses propres parents vers l'étranger. Alexis ne pouvait se douter qu'elle n'avait en tête qu'une idée : que Sara épouse quelqu'un qui n'ait surtout rien à voir avec Haïti...

Si, du premier regard, Alexis avait conquis Sara, cela lui avait pris beaucoup d'arguments et force belles paroles pour parvenir à vaincre cette feinte indifférence qu'elle affichait à l'égard d'Haïti. Mais il était loin, à présent, le temps où elle affirmait, d'un air dégoûté, qu'il n'y avait vraiment rien à faire avec cette île. Un amour naissant pour Haïti se manifestait chez elle avec une grande fébrilité et un foisonnement d'idées les plus folles qui exprimaient à la fois son impatience, mais également un sentiment d'appartenance à la cause d'Alexis. À présent, elle parlait même de se rendre là-bas à la tête d'un commando! À l'école, on chuchotait que l'amour lui faisait tourner la tête et on l'appelait «guerillera.»

— Vous riez de moi, disait-elle, mi-fâchée, mi-amusée. On voit bien que vous ne me connaissez pas vraiment. Lorsque je veux parvenir à quelque chose, je ne tolère aucun obstacle sur mon chemin. C'est ce qui m'énerve chez les Haïtiens; ils parlent sans cesse des malheurs de leur pays, mais pourquoi diantre ne font-ils pas quelque chose à la fin?

Et pour terminer, elle ramassait son cartable dans un grand geste de colère.

Cet après-midi-là, rassemblés à la café-téria, ils sont une dizaine en cercle autour de Sara et discutent passionnément.

— Toutes les grandes révolutions, ce sont les populations les plus écrasées qui les ont menées, dit Sara...

— Depuis que le monde est monde, les hommes exploitent et asservissent leurs semblables, répond Emmanuel, un petit courtaud, tout en sirotant une boisson orange qui lui fait les lèvres couleur rocou. Ça sert à rien de se battre pour la démocratie ! T'as pas fini avec une guerre ici qu'ils en commencent une autre dans un autre coin de la planète ! Qu'est-ce que ça donne ?

— Tu ne comprends rien ! explose Sara. Personne ne parle d'arrêter une guerre. Il faut une action musclée pour en finir avec ces vautours et chasser ces gens du pouvoir. Nous pourrions organiser une levée de fonds. Avec l'argent recueilli, nous paierons un pilote pour survoler Haïti et lâcher des tracts pour inciter les gens à la révolte, poursuit-elle dans le corridor alors qu'ils se dirigent vers le gymnase.

À ces mots, Chloé se jette à terre en riant.

Mais Sara s'excite :

— Vous êtes une bande de défaitistes !

Malik, qui est du genre silencieux et effacé, doit la rappeler à l'ordre.

— Tu regardes trop la télé, Sara !

La remarque faite par Malik avait vexé Sara. Quelques jours après, elle était arrivée avec un plan détaillé sur la manière d'impliquer l'école, et même les parents, dans un projet de soutien à la libération de Raphaël Jolet, le père d'Alexis. Elle avait proposé que le Comité de la vie étudiante parraine le projet et les activités qui en découleraient.

— L'idée, explique-t-elle, c'est de mener une campagne de sensibilisation auprès des médias, afin d'atteindre les milieux officiels canadiens et de forcer l'intervention de politiciens haut placés en faveur du père d'Alexis. La première étape serait donc une conférence au cours de laquelle Alexis raconterait ce qui se passe en Haïti et les circonstances de l'arrestation de son père. D'autres actions suivraient...

Les membres du Comité de la vie étudiante sont de prime abord très surpris. Quelques-uns affichent un certain scepticisme. «Une conférence, oui, mais après?» s'interrogent plusieurs.

— Après, cela va s'organiser... plaide Sara. Il est possible de former un sous-comité, pour assurer la logistique. Nous ferons signer des pétitions qui seront envoyées en Haïti.

— Il faudra aller chercher des appuis, convaincre le directeur, fait remarquer Malik. Ce ne sera pas chose facile.

Les discussions sont longues et animées, mais le projet est finalement approuvé à l'unanimité et endossé tant par les responsables des activités récréatives que par la direction.

Tous les jours, au dîner, ils se réunissaient. Quelqu'un avait proposé d'inclure les parents.

— Ils sauront nous conseiller, apporter un encadrement, expliquait Chloé, fin stratège. Mon père travaille dans une station de radio, il connaît des journalistes. Il y a aussi, parmi les parents, des talents qui peuvent nous être utiles.

— Et si nous faisons, par exemple, des t-shirts ou n'importe quoi que l'on peut vendre pour amasser des fonds, ils en achèteront, en vendront à leurs amis, avançait Emmanuel. S'il faut trouver de l'argent, c'est d'abord auprès des parents qu'il faut aller le chercher.

Alexis est étonné de l'ampleur de l'enthousiasme suscité par le projet de Sara. Il ne comprend pas encore tous les mécanismes que ses amis tentent de mettre en place ; un léger doute l'habite. Mais il se laisse convaincre par leur sens de l'organisation et leur générosité. Il a la certitude que son père est bien vivant puisque Ma Lena, tante Irène et Graziella lui rendent visite à tour de rôle. Pourtant, les autorités haïtiennes ne semblent pas faire diligence pour le libérer. Une campagne de lettres ou encore des pétitions venant du Canada pourraient peut-être les influencer, qui sait ? Surtout que le gouvernement semble très affaibli par les manifestations constantes des étudiants. « S'il faut pour cela prendre la parole devant un auditoire impressionnant, eh bien, je le ferai », se dit-il.

Sa mère, à qui il explique le projet mis sur pied par Sara, et la conférence qu'il devra donner, lui suggère d'en parler à la psychologue de l'école, madame Paulus. Celle-ci ne lui ménage pas ses conseils et ses mots d'encouragement.

Étienne, lui, est bien soulagé de voir tant de personnes prendre en charge la défense de Raphaël.

Deux jours avant le moment fixé pour la conférence, Alexis retourne au bureau de la psychologue pour lui faire part à nouveau de ses craintes. Et, une fois de plus, elle le rassure :

— Une bonne façon de vaincre nos peurs, Alex, c'est de les affronter. Tu ne peux plus reculer. La date et l'heure sont déjà fixées. De nombreux parents ont confirmé leur présence. Et puis il faut que les jeunes d'ici connaissent ton odyssée. Pour eux, qui n'ont pas eu à faire face à toutes ces difficultés, il s'agit d'une leçon de courage. Tu t'exprimes bien, tu ne devrais plus t'inquiéter. Je serai là, dans la salle, à la première rangée ; si tu sens qu'il te faut un répit, une pause pour te permettre de poursuivre ton récit, n'hésite pas, regarde-moi, je te soutiendrai.

15

DE BONNES NOUVELLES

Le jour de la conférence, Janine tremble comme à son habitude lorsque ses nerfs sont à bout. Elle a l'air si petite, enfoncée dans le fauteuil à haut dossier de l'auditorium, entre madame Paulus, la psychologue, et oncle Étienne, qui a mis son plus beau veston et étrenné une nouvelle cravate pour l'occasion. Il dévore des yeux son cher Boukman.

La gorge serrée, Alexis se lève et se met à raconter. Sa voix, lorsqu'il commence, est agitée d'un doux trémolo, mais elle prend de l'ampleur au fur et à mesure que son récit se déroule. Le silence est tel qu'on peut entendre la respiration de certaines personnes. Sans souffler et sans s'embrouiller, Alexis raconte l'arrivée des soldats, le bruit de leurs bottes dans la nuit, les chiens qui hurlent. Avec des mots simples, il leur fait vivre sa fuite dans les bois au milieu de la nuit, avec sa mère, le voyage en bateau et les mauvais traitements subis dans le camp, aux États-Unis.

— Si j'ai dû quitter mon pays, c'est à cause de l'égoïsme de ceux qui le gouvernent. Et si je suis ici aujourd'hui, c'est grâce à la générosité de mon oncle Étienne qui nous a fait venir à Montréal, ma mère et moi. Et ici, nous n'avons pas été accueillis par des chiens ou par la police.

Dans mon village, également, j'ai été témoin, depuis l'enfance, de gestes de solidarité indescriptibles, comparables à celui qui vous amène ici aujourd'hui. Il y a même un mot, dans la langue créole, c'est le mot « *coumbite* », qui désigne la solidarité des paysans qui s'aident mutuellement à cultiver leurs parcelles de terrain.

Alexis doit faire une petite pause lorsqu'il vient à parler de Jérémie, son meilleur ami.

— On ne peut pas expliquer un pays, dit-il, on ne peut pas expliquer l'amour pour un père, pour un ami. On ne peut pas dire ce qui nous manque, parce que l'absence est un vide immense. Comment dire ce qui est vide ?

J'ai accepté de vous raconter mon histoire parce que les nouveaux amis que j'ai trouvés ici, dans cette école, m'ont fait comprendre combien c'était important de le faire. Votre présence indique que vous comprenez le travail mené par notre comité. Merci pour ce grand mouvement de solidarité que nous allons créer tous ensemble. Merci de votre appui au comité SAJMECA. Au fait, ce comité porte un nom formé de nos initiales réunies. Lorsque je dis nous, je parle de la petite bande du groupe 203. Il s'agit de Sara Blanchot, qui est l'initiatrice de ce mouvement de solidarité, d'Aïsha Touré, de Julien Paquette, Malik Ousmane, Emmanuel Ratelle, Chloé Blondeau, et moi, Alexis Jolet.

Certains pleurent, d'autres sont carrément paralysés par l'émotion. Sara se met à sangloter lorsqu'Alexis lui adresse des remerciements particuliers.

Les appuis ne tardent pas à se manifester. Les centrales syndicales s'intéressent

au cas de Raphaël Jolet. Elles font circuler les pétitions dans plusieurs écoles,
dans les usines. On recueille des milliers
de signatures en faveur de Raphaël Jolet.

Comme il fallait s'y attendre, le
SAJMECA a du pain sur la planche. Des
lettres d'appui arrivent de partout, il faut
assurer un suivi, distribuer le plus de
pétitions possible, puis les ramasser afin
de les acheminer au gouvernement
haïtien. Des comités se forment dans
certaines villes, depuis qu'un journaliste
a eu l'idée de publier un article relatant
l'histoire d'Alexis et les malheurs de son
père. Monsieur Bourret, le directeur, a
mis un petit local à la disposition du
comité. Là, après les cours, les élèves
répondent au courrier, planifient les
réunions et les activités à venir. Janine y
passe souvent ses journées à répondre
au téléphone. Le soir, à la maison, elle
confectionne des gâteries, sucreries et
autres douceurs, qu'elle laisse au local,
pour les jeunes. Elle se sent entraînée
dans un tourbillon de jeunesse, qui lui
donne souvent le tournis ; mais son
dévouement et son sens de l'organisation

n'ont d'égal que sa hâte de voir toute cette activité mener à un résultat concret.

Après les classes, les membres décident des choses urgentes à faire, de ce qu'il faut vendre ou organiser pour renflouer la caisse. Madame Plouffe, la propriétaire du restaurant Chez Ramona, dont le fils aîné, Mariano, fait partie de l'équipe de soccer, propose de mettre sur pied un bazar. Le succès est tel qu'elle décide d'en organiser un autre dans un délai de deux mois. Entre-temps, les professeurs font aussi leur part. Chacun apporte des livres, des vêtements, de la vaisselle. Enfin il règne, tant à l'école que dans les maisons, une atmosphère à la fois de tension et de camaraderie, une vraie solidarité.

Deux mois déjà que le SAJMECA a pignon sur rue et fonctionne sans relâche. Il compte à présent un nombre important de bénévoles. Les jeunes sont pourtant inquiets. Rien ne semble bouger en Haïti malgré la quantité impressionnante de signatures recueillies. Cinq grosses caisses remplies de pétitions ont été expédiées, grâce à Amnistie Internationale.

Un après-midi, de retour à la maison après avoir travaillé au local du comité, Janine trouve un message de madame Green et de miss Jakob qui ont appelé de Miami. Elle a bien du mal à comprendre ce qu'elles disent, elles parlent toutes les deux à la fois. Elles sont si excitées ! Sans tarder, Janine les rappelle. C'est alors qu'elle apprend que le *Miami Herald*, un journal local, a publié une liste de prisonniers haïtiens qui doivent sous peu être libérés. Parmi eux figure le nom de Raphaël Jolet.

— Nous avons organisé une fête, ce soir, pour souligner cet événement, marmotte madame Green de sa petite voix de verre brisé. *Tell Alexis that I miss him**. Il doit écrire à moi, une *letter***. Il manque à moi beaucoup...

Janine finit par comprendre qu'ils sont tout près du but, mais qu'il faut trouver rapidement d'autres appuis, puisque, concluait l'article en question, les prisonniers seront expulsés le jour même de

---

* Dites à Alexis qu'il me manque.
** Lettre.

leur libération. Il leur faut donc trouver un pays qui accepte de les accueillir.

Janine tremble, rit et pleure en même temps, quand elle dépose le combiné. Une émotion indéfinissable, puissante, comme une houle, la possède. Elle va, vient, touche aux objets, ne sait plus comment faire la cuisine. Tout le désespoir accumulé en elle fond comme neige au soleil. « Avec qui partager cette nouvelle ? » se demande-t-elle. Alexis est à son entraînement de soccer, et Étienne tarde à rentrer. Elle ne sait comment combler les heures en attendant leur arrivée. Elle voudrait crier sa joie, étreindre quelqu'un. N'en pouvant plus d'attendre, elle sort, se rend au supermarché où elle achète tout ce qu'il faut pour confectionner un gâteau, et un immense bouquet de fleurs.

« C'est vendredi, je dirai à Alex d'inviter ses amis, nous devons célébrer », pense-t-elle.

Étonnée, la caissière la regarde qui rit et se parle à elle-même en déposant les provisions sur le comptoir. Le monde entier semble s'être effacé pour faire place à un nouvel univers, le sien, et celui de Raphaël...

Le gâteau est un peu lourd. Janine a dû se tromper dans les proportions. Qu'importe, l'atmosphère est agréable. Sara et Chloé ont décidé de battre Étienne au bésigue. Ce dernier rit fort pour accepter plus facilement sa défaite. Alexis, lui, ne s'est pas remis de sa première émotion. Assis en tailleur sur le sofa, il feuillette un livre qu'il n'arrive pas à lire. Sur les pages, les mots se déplacent, comme les pièces d'un puzzle. Il ne peut ni se concentrer ni partager pleinement ce moment de réjouissance avec ses amis. Il est ici, il est là-bas. Le bonheur coule dans ses veines, charriant malgré tout des restes d'inquiétude. Une phrase l'obsède, tout le soir et toute la nuit qu'il passera sans fermer l'œil : « Bientôt, mon père sera là. »

Le lendemain, accompagnée de Chloé et d'Emmanuel, Sara se rend au bureau du député. « Si tout va bien, s'il accepte notre requête, je vais me sentir tellement légère », se dit Sara qui, d'angoisse, se ronge les ongles.

— C'est toi qui vas prendre la parole, Sara, annonce Chloé. Nous, on t'accompagne au cas où tu oublierais un détail.

— Pourquoi moi? Je trouve que vous me laissez souvent la plus grande part du travail!

— Tu oses te plaindre, proteste Chloé, avec véhémence. Tu as vraiment du toupet! Je rentre tous les soirs après l'heure du souper, tant il y a de travail.

— Cela ne sert à rien de vous disputer. Moi, je parlerai, si vous voulez, tranche Emmanuel. Mais c'est toi qu'il aime, Sara, c'est toi qui devrais...

— Qu'est-ce que tu vas chercher, Emmanuel Ratelle? Tu parles d'une affaire! Cela n'a rien à voir? Tu es un vieux macho dégoûtant et je te déteste! Tu portes bien ton nom, tu es un vrai rat! Tu es lâche, et si je t'entends une fois de plus... Et puis tu aurais peut-être préféré qu'il t'aime, toi?

— Ça va, ça va... intervient Chloé. Tu exagères toujours, Sara. Nous sommes fatigués, parlons d'autre chose.

Mais Emmanuel revient à la charge:

— C'est pas juste! Pourquoi me traites-tu de lâche? Je dis la vérité. Tout le monde sait que tu n'as d'yeux que pour Alexis.

— T'es jaloux ? Bon, je parlerai au député, dit Sara pour mettre fin à une situation embarrassante.

Dans les coulisses du SAJMECA, tout le monde pense que Sara a le béguin pour Alexis et que c'est réciproque, tandis que de son côté, elle a l'impression qu'il ne fait pas attention à elle. Il est gentil, affectueux avec elle, comme avec toutes les filles. Mais c'est évident qu'il a la tête ailleurs, Sara le sait. En plus de son père, il pense souvent à Jérémie à qui il écrit de très longues lettres. « Jérémie sait tout ce qui se passe au SAJMECA », réfléchit Sara. Elle doit s'avouer qu'elle est un peu jalouse de cet ami. Elle a même demandé un jour à Alexis s'il croyait que les filles n'étaient pas capables d'amitié.

À leur arrivée, Sara débite son discours aussi vite qu'elle le peut, en évitant soigneusement de poser les yeux sur le nez du député. « Ce monsieur Buet a le nez plein de bourgeons, comme une pomme de terre restée trop longtemps dans un placard. Il empeste l'ail et le saucisson», se dit-elle.

— Votre cause est déjà gagnée, dit monsieur Buet, en émettant un rot qu'il veut discret. Votre école fait partie de notre circonscription, nous en sommes heureux. Et nous sommes fiers de vous apporter notre collaboration. Votre dynamisme et votre esprit de solidarité sont un grand exemple pour les jeunes d'aujourd'hui! Vos parents sont mes électeurs, pour la plupart. Comment l'oublier? Dans très peu de temps, vous serez également appelés à remplir votre propre devoir de citoyens... hum... Je vais soumettre, en mon nom personnel et au nom de mes confrères, une requête en faveur de ce monsieur... Jolet, à la Chambre des députés. L'asile lui sera accordé dès qu'il sera libéré... C'est vraiment effrayant, poursuit monsieur Buet, comme pour lui-même, de mettre quelqu'un en prison pendant deux ans, sans même le juger...

Il gratte nerveusement son crâne chauve.

— Est-ce possible, une telle affaire? On dit souvent qu'il faut de tout pour faire un monde, mais... franchement! Allez, mes amis, termine-t-il, abruptement. Allez sans vous faire de souci et dites à votre ami, ce petit Alexis...

— Il n'est pas petit, monsieur, proteste Chloé, qui se sent légère et ragaillardie. C'est le capitaine de notre équipe de soccer.

— Eh bien, dites à votre capitaine que la belle saison arrive, je viendrai l'applaudir!

16

DE MAUVAISES NOUVELLES

Tout allait si bien. Tout allait trop bien ! Au local du SAJMECA, c'est la consternation générale. Sara a passé toute l'heure du dîner à pleurer, sans que personne, même pas Chloé, sa meilleure amie, puisse deviner les raisons de ses tourments.

Madame Paulus, que les élèves ont cru bon d'alerter, finit par tirer au clair la situation. Rien à voir avec les résultats scolaires. L'implication des jeunes au SAJMECA semble constituer en effet un moteur, une raison de faire preuve de plus d'assiduité et d'organisation dans leur gestion du temps. Parmi les professeurs, certains qui n'approuvaient pas toute cette fébrilité régnant dans les couloirs s'en étonnaient. Jusqu'à Emmanuel Ratelle qui avait fait d'immenses progrès en français. Sara a rapporté d'excellentes notes à la maison. Pourtant, c'est bien là que plus rien ne fonctionne. Elle confie à madame Paulus que ses relations avec sa mère se sont détériorées depuis qu'elle fréquente Alexis, et surtout depuis la mise sur pied du SAJMECA. Madame Blanchot entre dans de terribles colères lorsque Sara s'attarde aux réunions du comité après l'école. Sara se rebelle et traîne délibérément chez Chloé, même lorsqu'elle pourrait revenir plus tôt à la maison.

Après avoir surpris une conversation téléphonique entre Sara et Chloé planifiant leur visite au salon de coiffure, pour se préparer à participer à la délégation chargée d'accueillir à l'aéroport Raphaël Jolet, madame Blanchot ne put contenir sa rage.

— Ça, non, explosa-t-elle, jamais! Tu nous prends pour qui? Il y a quand même des limites. C'est ce que je déteste le plus dans ce pays. Tous les gens se côtoient, il faut être copain copain avec tout le monde! Tu ne feras pas partie de cette délégation, je te le défends. Je te rappelle que ton arrière-grand-père a été président de la République d'Haïti.

À ces mots, Sara avait été prise d'un fou rire qui l'avait propulsée littéralement sur le plancher. Quelques minutes après, elle fondait en larmes. Furieuse, madame Blanchot s'était mise à hurler :

— Je ne veux plus te voir traîner avec cet affreux gringalet d'Alexis... je refuse que tu le fréquentes. Et je le répète, je t'interdis de faire partie de cette délégation ! Bientôt, je verrai ce monsieur Jolet dans mon salon ! Il ne manquerait plus que ça ! Moi, je veux que tu finisses ton secondaire pour entamer des études sérieuses... et je te mettrai dans un collège privé. Tu m'entends ?

Sara avait assez de sagesse pour ne rien dire. Elle en était elle-même toute surprise. Tout en écoutant crier sa mère, elle pensait : « Alexis dit vrai, maman est malheureuse. »

Elle bénit le hasard qui a conduit Alexis dans son école. Elle se sent si riche de toute cette nouvelle expérience qu'il lui fait partager et n'en veut même pas à sa mère. Sa résolution est prise pourtant : rien ne l'empêchera de se rendre à l'aéroport pour accueillir Raphaël Jolet. Elle sait qu'un jour sa mère finira par descendre de son piédestal. « Le bois en est complètement rongé par les termites. Tôt ou tard, il va s'effondrer », se dit-elle.

Tandis que dans les couloirs de l'école s'intensifient les va-et-vient et les préparatifs pour la réception en l'honneur de Raphaël, madame Paulus téléphone à la mère de Sara. Elle tente de lui faire entendre raison en faisant valoir qu'il faut apprendre à faire confiance aux jeunes et encourager leur générosité toute spontanée.

— L'idée même de ce comité vient de Sara, elle s'est donnée sans compter, corps et âme, pour arriver à ce résultat. Il serait tout à fait injuste et impardonnable qu'elle ne fasse pas partie de la délégation, plaide-t-elle.

En écoutant parler la psychologue, madame Blanchot doit s'avouer qu'elle-même ne comprend pas toujours les sentiments qui l'agitent. Elle s'embourbe dans ses explications, bafouille, mais s'accroche mordicus à ses préjugés :

— Sara ne connaît ni de près ni de loin ce Raphaël Jolet, s'obstine-t-elle.

Elle est née ici, elle ne savait rien d'Haïti jusqu'à l'arrivée de ce garçon... Je ne comprends absolument pas ce qui lui arrive, poursuit-elle, dans une espèce de plainte.

Du tac au tac, madame Paulus lui répond :

— C'est vrai, jusqu'à l'arrivée d'Alexis Jolet, il manquait à Sara une part importante d'elle-même. Elle vient de la découvrir et elle y tient. Ne vous étonnez pas qu'un de ces jours elle vous fasse part de son désir de se rendre là-bas pour travailler, donner de son temps et de son énergie...

— Il ne faut surtout pas l'encourager dans cette voie ! crie presque madame Blanchot au bout du fil.

— Nous n'encourageons pas les jeunes dans une voie précise. Nous favorisons simplement l'engagement social chez eux, nous leur fournissons l'encadrement nécessaire pour mener à bien leurs projets. Ils sont seuls à décider de ce qu'ils veulent faire.

Madame Paulus disait vrai. Le SAJMECA avait pris la décision de poursuivre ses activités, semble-t-il, même après l'arrivée de Raphaël Jolet. La vie, avaient-ils découvert au cours de cette grande aventure de solidarité, peut être et doit être autre chose que les petits problèmes quotidiens...

— Vous savez, madame Blanchot, termine la psychologue, que nous organisons toujours une fête pour souligner l'arrivée de l'été et des vacances scolaires. Cette année, nous avons décidé de fêter en même temps le travail accompli par les élèves. J'ai entendu Sara vanter vos dons de couturière; pourquoi ne pas lui confectionner une belle robe pour l'occasion? La direction remettra un certificat d'appréciation aux membres du comité. Même la presse sera présente. Joignez-vous donc à nous, madame Blanchot.

Au bout du fil, le silence le plus obstiné accueille ces dernières paroles.

— Au revoir, ajoute la psychologue, et au plaisir de faire votre connaissance à la fête.

Une mauvaise nouvelle en appelle une autre. Cette fois, c'est tout le SAJMECA qui est concerné. Malik a été arrêté la veille pour avoir troublé l'ordre public dans le métro ; il a refusé de présenter sa carte d'étudiant. Il a été conduit au poste de police, où on l'a frappé à l'aide d'un bâton soigneusement enveloppé dans une serviette pour ne pas laisser de traces.

Dans la cour, les jeunes sont furieux. Ils parlent de marcher sur le poste de police en brandissant des pancartes. Certains pleurent de rage. Alexis est terriblement silencieux, pensif et triste, surtout. « C'est un mauvais rêve », se dit-il. « Je ne veux pas y croire. »

Monsieur Bourret, le directeur, doit prendre la décision d'annuler les deux premiers cours du matin, car les élèves ont besoin de se retrouver pour parler, discuter. Plusieurs relatent des incidents au cours desquels ils ont été victimes, eux aussi, de violence verbale ou physique.

— On nous accuse toujours, proteste Ralph, un grand gaillard massif. Cependant, c'est souvent la violence qui alimente la violence. Pas plus tard que la semaine dernière, nous étions un groupe de dix, après l'école, à l'arrêt d'autobus. Il pleuvait, nous avions froid. Un autobus arrive, le chauffeur ouvre la portière, il l'entrebâille plutôt. Je pose tout de suite le pied sur la première marche, les portes se referment. Hébétés, nous étions tous là, à attendre. Après quelques secondes, le chauffeur ouvre à nouveau les deux battants de la porte et lance, comme ça, comme une pierre en plein front : « Je n'embarque pas de nègres dans mon autobus ! Comprenez-vous ? » On avait tous envie de se jeter sur l'autobus et de l'écraser. Jessica, une fille de deuxième secondaire – elle habite dans le même immeuble que moi –, en pleurait encore le lendemain.

— Nous autres, on se défend en les écœurant, poursuit un autre. On se défend comme on peut.

— Le problème, conclut Chloé, c'est qu'il n'est pas toujours nécessaire de frapper quelqu'un pour lui faire mal...

Malik avait dû être hospitalisé. Le comble, c'est que la police avait porté plainte contre lui, pour agression ! La victime était maintenant l'agresseur. C'était à n'y rien comprendre.

Dans l'après-midi, on convia tous les élèves au gymnase. Monsieur Blain, l'animateur de pastorale, accompagné de madame Paulus, animait la rencontre.

— Lorsqu'un jeune de quinze ans se retrouve aux soins intensifs dans un hôpital, victime d'une commotion céré-brale à cause de la brutalité des forces de l'ordre, chargées de le protéger, il faut prendre nos responsabilités. On n'a pas le droit de faire l'autruche, disait mon-sieur Blain, sur un ton qui cachait mal sa colère. La violence est une plaie qui n'épargne aucun secteur de la société, lit-on souvent dans les journaux, dans des articles où l'on ne fait que relater les actes de violence, sans proposer de solu-tions concrètes. Nous allons donc nous organiser dans le calme, et mener une campagne pour faire savoir aux policiers que nous réprouvons tout type de violence.

— Nous avons déjà ici une bonne organisation, le SAJMECA... intervient madame Paulus, tandis que des applau-dissements fusent de toutes parts. Nous pouvons utiliser cette même structure pour tenter de travailler à un rapproche-ment avec la police. Voilà quel doit être notre nouveau défi.

Le père d'Alexis, Raphaël Jolet, sera bientôt à Montréal. C'est une victoire due en grande partie au travail et à la générosité d'un groupe de jeunes de cette école. C'est aussi la preuve que nous savons travailler!

— Hourra! crie l'assistance.

— Une conférence de presse est prévue lors de l'arrivée de Raphaël Jolet. Nous en profiterons pour annoncer publiquement notre prochain défi dans cette école, termine monsieur Blain. Une école ne peut pas se contenter d'être un édifice qui accueille des élèves et des professeurs. L'école, c'est aussi une porte ouverte vers l'avenir et cet avenir, il nous appartient de le construire ensemble.

17

L'ARRIVÉE DE RAPHAËL

Les prisonniers qui ont sollicité l'asile à Montréal sont au nombre de cinq. Tous d'une maigreur indescriptible, ils flottent dans leurs vêtements. L'air hagard, ils semblent revenir du séjour des morts.

Accompagnés de madame Paulus et de monsieur Blain, les élèves reconnaissent tout de suite Raphaël Jolet. Il a la même démarche qu'Alexis, les mêmes gestes nerveux. Une barbe, touffue, lui couvre le visage. Il la lisse sans cesse et sourit, visiblement soulagé. Vêtu d'une large vareuse bleu paysan, il porte également un chapeau de paille, un canotier qui lui donne l'air d'un explorateur.

Raphaël a appris, par un représentant de la Croix-Rouge, le travail accompli par les élèves de l'école de son fils. Il ne s'étonne donc pas de les voir tous massés à la sortie. Il va parmi eux, distribuant des poignées de mains, en murmurant : « Merci de tout cœur, merci à vous tous. »

Un peu en retrait, appuyés tout contre un mur, se tiennent Janine et Alexis. Ils voudraient commenter cette image de Raphaël qui leur apparaît, mais les mots leur manquent. Il est vivant, libéré, il va dormir avec eux, sous le même toit, s'asseoir à la même table, partager les mêmes repas, pourtant rien ne sera plus comme avant, ils s'en rendent compte à cet instant. Les images d'antan surgissent, s'embrouillent, se mêlent au sourire de Raphaël. Dans ce hall d'aéroport bruyant, rempli de cris et de rires joyeux, les souvenirs de la Ruche les rejoignent, les rattrapent, les ramènent jusqu'au village. Les voilà écartelés entre le regret de ce passé qu'enterre de façon définitive la présence de Raphaël à Montréal, et le soulagement que leur apporte sa libéra-tion. Janine a les yeux noyés de larmes et Alexis se sent vieillir tout à coup...

Sara s'approche d'eux, les yeux bril-lants de plaisir.

— Il est vraiment beau, ton père, Alex !

Alexis sursaute.

— Tu n'es pas heureux de le voir ?

Distrait, Alexis sourit, mais ce n'est pas de bonheur.

Dans le stationnement, ils vont tous les quatre à petits pas vers la voiture : Janine, Étienne, avec Alexis, qui sans cesse lève le visage vers son père et fronce les sourcils. Raphaël se déplace avec une telle lenteur. Chacun de ses pas semble lui coûter un effort surhumain. Personne n'ose lui offrir le bras, tout le monde craint qu'il ne s'affale sur la chaussée. Ses orbites, creusées, accentuent l'éclat de son regard.

Pourtant, il parle sans s'arrêter. Il ne tarit pas d'anecdotes, d'histoires étranges sur la prison. Il raconte que Ma Lena avait découvert qu'elle pouvait lui faire parvenir des messages à l'intérieur du pain qu'elle envoyait à la prison. Elle découpait le papier en petits carrés qu'elle glissait entre les tranches. Mais ce qui l'avait surpris le plus, c'était de la découvrir le matin, dans le grand hall de l'aéroport, jouant des coudes à qui mieux mieux, au milieu de la foule, pour lui apporter ce chapeau de paille ! Jérémie et son père Alphonse étaient venus, eux aussi.

Raphaël apportait du courrier de Jérémie. Il avait envoyé une photo à Alexis qui le reconnaissait à peine. Deux années avaient suffi pour que son ami perde ses fossettes et cet air toujours étonné qui le caractérisait. Dans sa lettre, il lui annonçait son départ pour la capitale qu'il déteste, à cause des bidonvilles, de la saleté et du vacarme incessant des automobiles. Il parlait de monsieur Richer, qui n'enseigne plus et cultive son jardin, un petit carré planté de fleurs étranges et de légumes rabougris, qu'il soigne du matin au soir !

« La Ruche va devenir un village fantôme », pense Alexis.

Le soir, au moment du repas, le premier qu'il partage avec sa famille depuis cette nuit de malheur qui fit voler en éclats leur univers, Raphaël picore dans son assiette comme un oiseau. Épuisé par un long voyage, il réapprend les gestes les plus simples. Sa voix est faible, tel un mince filet d'eau. Une voix qui craindrait de briser le silence. Il conte encore et encore ses tribulations en prison.

La nuit tombe, Raphaël parle encore, comme s'il voulait grâce à son récit garder autour de lui ses êtres chers, sa femme, son fils, et Tienne, son ami d'enfance qu'il avait cru ne plus jamais revoir. Peut-être est-ce pour repousser le moment où il va se retrouver seul, dans la nuit, face à ses souvenirs ?

Il explique le système de codes fait de sons et de bruits divers, mis en place par les prisonniers à l'intérieur même des cellules pour communiquer entre eux.

Un mois avant sa libération, un médecin est venu, chaque matin, lui administrer des injections, pour le remplumer un peu.

Raphaël semble plus calme, plus attentif à ce qu'on lui dit. Il parle de la nécessité de changer l'homme en intervenant à une échelle beaucoup plus réduite, au sein des communautés, dans les écoles, par le biais de l'éducation...

— Tu as raison, papa. Madame Paulus dit la même chose. Alexis lui explique le travail que le Comité de la vie étudiante a décidé d'entreprendre auprès de la police, après le tabassage de son ami Malik.

Pourtant, des idées confuses s'agitent dans l'esprit d'Alexis, jetant une ombre sur ces retrouvailles. Son père lui fait l'effet d'un revenant, d'un rescapé. Il se rend compte également que Raphaël évite toutes les questions sur les mauvais traitements et les tortures qu'il a subis.

Alexis regarde attentivement les mains de son père, son visage, à la recherche d'un indice qui lui permette de savoir ce qu'ils ont bien pu lui faire en prison pour qu'il ait changé à ce point.

Cette nuit-là, au 305 du 5428, rue Pontbriand, personne ne ferme l'œil. Alexis cherche à se souvenir du regard de Raphaël, de ses gestes, de ses intonations. Il ne retrouve pas le père qu'il a quitté. L'écho d'une voix lui revient, au milieu du grondement sourd de la masse des paysans, la voix de Raphaël, au milieu d'un champ, au cours d'une assemblée. Il l'entend également, dans le silence du soir, raconter les grandes batailles menées partout dans le monde par les hommes, depuis la nuit des temps.

«C'est la même voix, mais ce n'est plus le même homme», se lamente Alexis, dans l'obscurité, les yeux agrandis par l'inquiétude. «Quelque chose a changé. Papa a les mêmes gestes, le même regard aussi, dirait-on, si on ne fait pas attention. Mais une sorte de voile obscurcit, de manière furtive, ses yeux. Il sourit beaucoup, mais ce n'est plus le même sourire. Quand le regard n'est plus le même, c'est parce que quelque chose a changé. »

Les jours qui suivent l'arrivée de Raphaël, les doutes d'Alexis se confirment. Madame Paulus lui explique qu'il doit s'attendre à des modifications dans le comportement de son père : sautes d'humeur, crises d'angoisse, délires... Ce sont des séquelles des mauvais traitements subis en prison. Quelques problèmes de santé aussi sans doute.

Alexis essaie de cacher son inquiétude en expliquant à madame Paulus qu'il craint surtout que Raphaël n'arrive pas à s'habituer à Montréal. La vie est si différente, ici.

— Mon père est un paysan, madame Paulus, comment va-t-il pouvoir s'adapter ?

— Il ira chercher au fond de lui-même les ressources nécessaires, Alex..., tout comme toi, tu as su le faire.

— Moi, c'est différent. Il y a l'école. Sans cela, je serais devenu fou !

— Tu as raison. Mais il y a aussi les amis, et il y a Sara... qu'en dis-tu ?

Alexis devient tout embarrassé.

— Sara, c'est le feu... enchaîne madame Paulus, en riant. Le feu sert à détruire, mais il aide également à faire place nette ! C'est ce que nous sommes profondément qui nous sauve. La force intérieure qui nous anime nous protège. Et puis, il y a ta mère, ton oncle aussi. Il ne faut pas te faire trop de souci, ton père est bien entouré.

Alexis, qui passe le plus clair de l'été avec son père, doit se rendre à l'évidence. Quelque chose cloche.

— C'est comme s'il n'était pas là, oncle Tienne. Tes souvenirs de lui sont très anciens, ce sont des souvenirs d'adolescence. Tu as retrouvé un ami dont la vie t'avait séparé, tu remues de vieux souvenirs, tu es heureux. La joie de le revoir, de le savoir vivant t'empêche de comprendre ce qui se passe. Moi, j'ai peur. Papa n'est plus le même. Ce matin encore, je lui parlais ; il était là à mes côtés. Je lui ai posé la même question à trois reprises. Pour la première fois, depuis que je connais mon père, ma voix s'est noyée dans un grand silence. Il ne m'entendait pas.

Alexis voit juste. Raphaël passe ses journées prostré sur le balcon, habité par la sensation que sa vie s'est arrêtée. Comme si, d'avoir tant lutté pour s'agripper à l'existence, il ressentait à présent une énorme faiblesse, tel un naufragé qui, apercevant le rivage, ne se sent plus la force de se battre, d'aller plus loin.

Puis un jour viennent des hallucinations. Il voit son âme flotter, comme un petit point lumineux sur les arbres, dans le parc. Quelquefois, prenant dans les siennes les mains de Janine, il la regarde longuement comme s'il la découvrait. Puis, du bout de l'index, il suit les contours de son visage, et écrase furtivement une larme égarée sur sa joue. Sans cesse il lui demande de raconter son voyage en mer, de parler de Mathurin, du camp d'internement de Key West. Il veut entendre et réentendre le récit des derniers jours de leur captivité, la révolte d'Alexis. Ses yeux brillent d'un éclat vif, lorsqu'il écoute Janine. Au fil des jours, les hallucinations vont croissant.

Ce soir-là, il fait une chaleur humide. Raphaël s'est attardé longtemps sur le balcon avec Janine. Dans le salon, Alexis joue aux cartes avec son oncle. Tout à coup leur parviennent les échos d'une voix qui gémit :

— Je ne la vois plus, je ne la vois plus, répète Raphaël, je ne la vois plus, mais je sais qu'elle est là, elle erre au milieu des cocotiers et des palmiers, là-bas. Elle flotte, dans la vallée de la Kalinda. Lorsqu'elle s'en ira, elle emportera pour toujours quelque chose de moi...

Raphaël parle ainsi, sans s'arrêter, les yeux fixés sur le parc et sur un coin du ciel, d'où émerge tranquillement un morceau de lune.

Le soir même on doit le conduire à l'hôpital. Ils vont d'un service à l'autre. Vingt-quatre heures ont passé. Janine a le visage blême, les traits tirés, et Alexis tient à peine sur ses jambes, tant l'inquiétude le ronge. Étienne, lui, perd tous ses moyens lorsqu'il est question de maladie, il semble absolument terrorisé.

Dans l'après-midi du deuxième jour, le médecin de garde les renvoie.

— Raphaël doit être hospitalisé pour un temps indéterminé, annonce-t-il, sans donner plus de précisions.

18

LE DONJON DE MADAME BLANCHOT

Montréal semble tout alanguie sous la chaleur torride de ce mois de juillet. La ville bourdonne telle une ruche, un gros village pris d'assaut par les touristes. Dans le grand parc, le match qui oppose les Lions aux Tigres tire à sa fin lorsque, tout à coup, un grand vent se lève, suivi de pluie. Cela débute par une toute petite goutte un peu timide sur le nez de Sara qui, au premier rang, en compagnie de Chloé, applaudit à tout rompre chaque fois que les Lions marquent. Elle lève la tête et regarde distraitement. Rien à gauche ni à droite. Il n'y a que le ciel comme un immense édredon bleu. Puis vient l'orage. La pluie tombe avec force. De temps à autre, un nuage semble s'effacer, laisse apparaître un mince filet de lumière blafarde, puis un autre nuage crève, là-haut, et la pluie redouble avec une ardeur inimaginable.

Les deux équipes et leurs partisans se réfugient au restaurant Chez Ramona. Ils ont l'air de sortir d'un sauna. La patronne, madame Plouffe, aime bien les jeunes. Son fils, Mariano, est membre de l'équipe des Lions. Elle les dirige vers un coin inoccupé de la grande salle. Attendre l'éclaircie en bonne compagnie ne dérange personne.

Cependant, Sara ne tient pas en place. Avec une telle averse, impossible de rentrer chez elle. Une fois de plus, sa mère fera toute une histoire. Impatiente, elle se hasarde sous l'auvent de toile cirée. Alexis la rejoint.

— Rentre, Sara. Ce n'est pas en restant dehors que tu vas faire cesser la pluie. Le vent est si fort que cet auvent risque de se décrocher à tout moment.

D'un geste, elle lui indique l'heure au cadran de sa montre.

— Tu n'y es pour rien. Ta mère n'est pas bête quand même !

— Elle n'est peut-être pas bête, mais je me demande parfois si elle n'est pas... tu sais...

— Il faudrait la distraire. La dernière fois que je l'ai vue, je me suis demandé si elle savait rire, ta mère !

— C'est étrange, dit Sara, pensive tout à coup, j'ai l'impression de ne l'avoir jamais entendue rire.

— Si tu ne fais pas attention, tu deviendras comme elle. Il faut te protéger.

Les rafales claquent comme claquerait un drapeau. À l'entrée du restaurant, d'autres jeunes se sont amassés et rient de bon cœur malgré le déluge. Une telle averse ne saurait durer trop longtemps.

— Les parents, c'est un peu comme la pluie, ce sont des catastrophes naturelles ! lance Sara. On ne peut rien pour les éviter. En même temps, on a besoin d'eux.

— Moi, je ne suis pas de ton avis.

— Comment ça ?

— On peut les changer, les aider à grandir.

— T'es pas maboule un peu, Alexis Jolet ? Tu viens encore jouer au philosophe avec moi ? À force de te faire dire que tu parles et réfléchis bien, tu te prends pour une espèce de prophète ?

— Tu es méchante, quelquefois.

— Et toi, tu deviens vaniteux.

— Tu sais bien que tu mens.

— Moi, j'en ai plein le casque, de mes parents. Je te jure.

— Et ton père ? Tu ne parles jamais de lui. Il ne peut rien pour faire changer la situation ?

— Papa ?

Sara rit à gorge déployée maintenant. Elle essuie une larme.

— On voit bien que tu ne connais pas mon père ! Mon père se fout de tout le monde. Quand on le voit arriver avec sa pipe au bec, on dirait un monarque qui s'avance, la tête rejetée en arrière. Seule son image compte pour lui. Mon père, Alexis, n'est pas n'importe qui... C'est un intellectuel, mon cher, et pas des moindres, précise-t-elle en pinçant les lèvres. Il ne fait que critiquer, analyser et gérer... la vie des autres, bien entendu ! Il dit qu'il était révolutionnaire jadis, militant de la jeunesse étudiante. Militant, mon œil ! Avec lui, c'est pire qu'avec maman !

— Tu es sévère pour tes parents.

— C'est parce qu'ils le méritent, crois-moi. C'est lui qui a détraqué maman de la sorte. Il l'a toujours traitée comme une moins que rien, de la *slush*... Alors, elle essaie de faire la même chose avec les autres autour d'elle.

— Qu'est-ce que c'est de la *slush*?

— Quelque chose de mou, de dégueulasse, d'inutile. Ce qui reste de la neige une fois que tout le monde a marché dessus.

— Tu es sûre de ne pas exagérer, Sara?

— Je te jure. Au fond, mon père est un type autoritaire. Un père, pour lui, c'est un général de brigade. Avec moi, ça ne marche pas. Je ne fais pas attention à lui et je lui tiens tête, ou pire, je lui sers ses quatre vérités. Une fois, il s'est fâché et m'a giflée, parce que je lui ai dit qu'il agissait comme les *macoutes** en Haïti.

— Vraiment? Tu lui as dit ça? Tu n'as pas froid aux yeux.

— Ouais, fait Sara, qui hausse les épaules. Puisque je le pense, autant le dire. De toutes façons, maintenant, tout ça n'est plus très important, il n'habite plus à la maison.

---

* Membres d'une milice créée en Haïti par F. Duvalier, chargée de réprimer toute opposition.

— Pourquoi?

— Parce qu'ils ont divorcé.

— Il y a longtemps?

— Quelques mois à peine.

— Et cela ne te fait rien?

— Tu veux que je me jette sous les roues d'une voiture à cause de ça? C'est pas mon problème.

— Je ne te comprends pas, Sara. Il me semble que moi, j'aurais de la peine si mes parents se séparaient.

— Tes parents, c'est pas comme les miens.

— Toi, cela ne te ferait rien de divorcer, un jour?

— Je m'en fous. Et puis d'ailleurs, je n'en sais rien. Je ne suis pas mariée, moi, tu parles d'une affaire!

— Je veux dire, si tu te mariais. Tu vas bien te marier, un jour?

— Qui t'a dit que j'allais me marier, Alexis Jolet?

— Tu finiras bien par te marier, un jour?

— Autant le dire, tu voudrais que je me marie avec toi?

— Peut-être bien, dit Alexis en baissant le ton.

— Premièrement, personne n'est obligé de se marier. Deuxièmement, tu en connais beaucoup des filles qui pensent à se marier à quatorze ou quinze ans ?

— Euh... oui.

— Où ça ? À la Ruche ?

— Oui...

Sara part d'un grand éclat de rire.

— C'est sûrement parce qu'elles n'ont rien d'autre à faire. C'est bien beau de regarder les rivières et les montagnes, de cultiver son jardin, de soigner les chèvres et de nourrir les tourterelles ; mais après, les gens doivent s'ennuyer !

— Tu te moques de moi ? interroge Alexis.

— Comment ça ?

Alexis pousse un long soupir et enchaîne :

— T'es vraiment une drôle de fille, Sara. Oncle Étienne dit qu'il aurait aimé avoir une fille comme toi. Mais tu fais peur à maman.

— Pourquoi ? Elle croit que je porte des cornes ou encore elle craint que, la nuit, je me transforme en diable et que je vienne lui gratter la plante des pieds ?

— Non... tu ne comprends pas. C'est parce qu'elle n'a pas l'habitude de rencontrer des filles aussi dégourdies que toi. Et puis, tu n'as pas la langue dans ta poche.

— Mais toi non plus, lui lance-t-elle, de son air le plus sérieux. Eh bien, si ton oncle veut, il peut m'adopter. Mais, tu ferais mieux de l'avertir, je ne suis pas facile, dit-elle, en pouffant de rire. Ta mère a un peu raison. Mais je suis quand même gentille, parfois. Et puis, dit-elle, tout à coup impatiente, tu ne peux pas comprendre. Toi, tu es un enfant gâté, Alexis.

Alexis ouvre grand les yeux. Il ne sait vraiment plus quoi dire. Il se gratte le menton dans un geste d'impuissance hérité de son père, puis il avale sa salive et répond :

— Mon père me gâte peut-être, dans le sens où il est toujours là pour m'écouter, me parler...

— À propos de ton père, que disent les médecins ?

— Papa est très très affaibli. Il était au bout du rouleau, selon les médecins.

Une grande dépression nerveuse sans doute...

— Est-ce que c'est très grave? Ils le garderont longtemps à l'hôpital?

— Cela dépend de la manière dont il réagira aux traitements. Maman est très inquiète. On lui interdit les visites pour l'instant.

— Vraiment? Mais il va s'en sortir, Alex?

— Oui... fait Alexis, dont la voix s'assombrit un court instant. Cela va prendre du temps, je crois, pour que papa se remette complètement.

Un long silence s'ensuit, troublé uniquement par le bruit des gouttes tombant sur l'auvent. Alexis parle le premier:

— Si tu veux, Sara, on pourrait s'associer, toi et moi, créer un comité, seulement nous deux, pour changer les choses chez toi.

— Chez moi? Il n'y a rien à faire, Alex... C'est une cause perdue!

— Je sais comme ta mère est irritable. Mais elle est très isolée, une princesse dans son donjon! Elle est en position de faiblesse, comme dirait mon père. Nous allons en profiter pour la faire changer. Cela prendra du temps, mais à deux, nous y parviendrons. Dès ce soir, nous nous mettons au travail! Je te raccompagne chez toi, nous allons lui expliquer ce qui est arrivé. D'ailleurs, elle sait qu'il pleut.

— Elle va se mettre en colère, je te préviens.

— Première partie du plan : nous allons prendre un film au club. Un film drôle, un film qu'elle va aimer. Nous allons nous installer. Elle ne pourra tout de même pas me flanquer dehors! Puis nous allons l'inviter à le regarder avec nous et, tranquillement, on pourra commencer à parler avec elle.

— Tu es sûr que ça va marcher? demande Sara, à la fois incrédule mais pleine d'espoir. Moi, je ne crois pas. Il vaut mieux abandonner cette idée. J'ai seulement hâte d'avoir dix-huit ans pour aller vivre seule.

— En attendant, tu n'en as que quatorze. Cela fait encore quatre années à attendre. Quatre années pour réussir à changer l'atmosphère chez toi.

— Tu crois? dit Sara qui, malgré elle, est déjà conquise.

— J'en suis presque certain.

— Alexis Jolet, est-ce que tu te prends pour un pasteur ?

Imperturbable, Alexis poursuit :

— Dorénavant, nous sommes un comité. Puisque je suis ton aîné, j'ai plus de droits que toi. Je décide.

— Pas du tout ! Ça, c'est des trucs de chez toi, de ton pays, bafouille Sara qui, souvent, ne sait pas reconnaître une blague. Ici, ça ne marche pas comme ça. Nous devons décider ensemble.

— Tu veux dire qu'ici, c'est ton pays, et là-bas, c'est le mien ? Hier, pourtant, c'est pas ce que tu disais.

— Qu'est-ce que je disais ?

— Tu disais, et je répète textuellement : « Lorsque les gens s'aiment, ils peuvent inventer un pays dans leur cœur, un pays rien que pour eux. »

— Tout est à lire entre les mots, réplique Sara. De toutes façons, dans les pays où il fait bon vivre, les rôles sont décidés par tous les habitants, pas par un petit groupe, qu'ils soient nos aînés ou je ne sais quoi... Regarde, Alexis, là-haut, indique Sara, les yeux écarquillés par la surprise et l'émotion.

— Aaah!... un arc-en-ciel! s'exclame Alexis. Tu sais, il y a des gens qui croient tout expliquer avec des mots, le plus souvent en faisant appel à la science. Comment expliquer un arc-en-ciel?

— Certainement qu'il doit y avoir une explication scientifique.

— Peut-être... Mais moi, je vais te dire ce que je sais de l'arc-en-ciel. Et surtout, promets-moi de ne pas rire.

— Pourquoi devrais-je rire?

— C'est ton habitude de te moquer de n'importe quoi, non?

— Allez, c'est quoi un arc-en-ciel, pour toi, Alexis?

— C'est ma grand-mère, Ma Lena, qui me l'a expliqué. L'arc-en-ciel, c'est un animal...

— Un animal? Eh bien, si l'arc-en-ciel est un animal, moi, je suis le Petit Chaperon rouge.

— Tu as promis de ne pas rire, Sara!

— Je ne ris pas. Je suis surprise, c'est tout.

— Très bien. L'arc-en-ciel est un animal qui sort toujours après les grandes pluies pour aller se désaltérer à la rivière.

— Qui sort d'où?

— De sa maison, son terrier, son trou... je ne sais pas, s'impatiente Alexis.

— Ah bon !

— Tu vois la forme qu'il a ? Chez moi, on prétend que lorsqu'il se penche pour boire, son bonnet peut tomber à l'eau. Si quelqu'un a le temps de s'en saisir...

— Se saisir de quoi, de l'arc-en-ciel ou du bonnet ? ironise Sara.

— Du bonnet, bien sûr. La personne qui s'en empare, eh bien, elle n'a qu'à le porter et elle devient riche jusqu'à la fin de ses jours.

— Et tu crois à cela, toi ?

— Ma grand-mère y croit.

— Je ne parle pas de ta grand-mère. Je parle de toi...

Alexis hésite un peu.

— Oui... dit-il finalement. J'y crois, moi aussi, pourquoi pas...

— Ouais..., marmonne Sara, entre ses dents... pourquoi ne pas y croire finalement ? C'est vrai, pourquoi pas... ça ne dérange personne, c'est ça ? Comme ce poème qui dit : «La terre est bleue, comme une orange.»

— C'est ça. En fait, on dirait une poésie, ou encore, un rêve. Moi, j'aime croire aux rêves et aux miracles, confie Alexis, l'air lointain.

— La pluie a cessé? interroge soudain Sara.

— Bien sûr. L'arc-en-ciel ne met le nez dehors qu'après la pluie.

— Il y a longtemps qu'elle a cessé?

— Il y a des pays où le temps n'existe pas, réplique Alexis.

— C'est vrai. Le temps ne devrait plus exister, déclare Sara, solennelle. À partir de maintenant, nous, Sara Blanchot et Alexis Jolet, décrétons que le temps n'existe plus dans notre pays! À l'assaut du donjon de madame Blanchot, crie-t-elle, en riant.

— Et ça prendra le temps qu'il faudra pour faire tomber les barricades!

Table des matières